O ÚLTIMO VOO DO FLAMINGO

Obras do autor na Companhia das Letras

Antes de nascer o mundo
As Areias do Imperador 1 – Mulheres de cinzas
As Areias do Imperador 2 – Sombras da água
As Areias do Imperador 3 – O bebedor de horizontes
Cada homem é uma raça
A confissão da leoa
Contos do nascer da Terra
E se Obama fosse africano?
Estórias abensonhadas
O fio das missangas
O gato e o escuro
A menina sem palavra
Na berma de nenhuma estrada
O outro pé da sereia
Poemas escolhidos
Um rio chamado tempo, uma casa chamada terra
Terra sonâmbula
O último voo do flamingo
A varanda do frangipani
Venenos de Deus, remédios do diabo
Vozes anoitecidas

MIA COUTO

O último voo do flamingo

21ª reimpressão

Copyright © 2000 by Mia Couto, Editorial Caminho, SA, Lisboa

Grafia atualizada segundo o Acordo Ortográfico da Língua Portuguesa de 1990, que entrou em vigor no Brasil em 2009.

Edição apoiada pelo Instituto Português do Livro e das Bibliotecas

INSTITUTO PORTUGUÊS DO
LIVRO E DAS BIBLIOTECAS

Portugal em Acção | MINISTÉRIO DA CULTURA

Capa
Alceu Chiesorin Nunes

Ilustração de capa
Angelo Abu

Revisão
Isabel Jorge Cury
Renato Potenza Rodrigues

Atualização ortográfica
Verba Editorial

Os personagens e as situações desta obra são reais apenas no universo da ficção; não se referem a pessoas e factos concretos, e sobre eles não emitem opinião.

Dados Internacionais de Catalogação na Publicação (CIP)
(Câmara Brasileira do Livro, SP, Brasil)

Couto, Mia
   O último voo do flamingo / Mia Couto. — 1ª ed. — São Paulo : Companhia das Letras, 2005.

  ISBN 978-85-359-2683-5

  1.Romance moçambicano (Português) I. Título.

05-0128   CDD-869.3

Índice para catálogo sistemático:
1. Romances : Literatura moçambicana em português   869.3

Todos os direitos desta edição reservados à
EDITORA SCHWARCZ S.A.
Rua Bandeira Paulista, 702, cj. 32
04532-002 — São Paulo — SP
Telefone: (11) 3707-3500
www.companhiadasletras.com.br
www.blogdacompanhia.com.br
facebook.com/companhiadasletras
instagram.com/companhiadasletras
twitter.com/cialetras

*À Joana Tembe e ao João Joãoquinho,
que me contaram estórias como quem rezava*

Sumário

1. Um sexo avultado e avulso 13
2. A missão de inquérito.. 21
3. Uma mulher escamosa 33
4. Apresentação do falador da estória................... 43
5. A explicação de Temporina 55
6. Primeiro escrito do administrador..................... 71
7. Uns pós na bebida (fala de Deusqueira) 79
8. A ventoinha fálica 89
9. O desmaio.. 97
10. Os primeiros rebentamentos 107
11. O primeiro culpado 117
12. O pai sonhando frente ao rio parado 129
13. A última tontura do moço tonto 141
14. Fala do feiticeiro Andorinho............................. 149
15. A árvore do tamarindo....................................... 157
16. O regresso dos heróis nacionais....................... 165
17. O passarinho na boca do crocodilo 173
18. A manuscrita voz de Sulplício 183
19. As revelações 191
20. Os estranhos filhos dos antepassados............... 201

Uma terra engolida pela terra 209

Glossário 221
Palavras proferidas por Mia Couto na entrega
do Prémio Mário António, da Fundação
Calouste Gulbenkian, em 12 de junho de 2001 223

Fui eu que transcrevi, em português visível, as falas que daqui se seguem. Hoje são vozes que não escuto senão no sangue, como se a sua lembrança me surgisse não da memória, mas do fundo do corpo. É o preço de ter presenciado tais sucedências. Na altura dos acontecimentos, eu era tradutor ao serviço da administração de Tizangara. Assisti a tudo o que aqui se divulga, ouvi confissões, li depoimentos. Coloquei tudo no papel por mando de minha consciência. Fui acusado de mentir, falsear as provas de assassinato. Me condenaram. Que eu tenha mentido, isso não aceito. Mas o que se passou só pode ser contado por palavras que ainda não nasceram. Agora, vos conto tudo por ordem de minha única vontade. É que preciso livrar-me destas lembranças como o assassino se livra do corpo da vítima.

Estávamos nos primeiros anos do pós-guerra e tudo parecia correr bem, contrariando as gerais expectativas de que as violências não iriam nunca parar. Já tinham chegado os soldados das Nações Unidas que vinham vigiar o processo de paz. Chegaram com a insolência de qualquer militar. Eles, coitados, acreditavam ser donos de fronteiras, capazes de fabricar concórdias.

Tudo começou com eles, os capacetes azuis. Explodiram. Sim, é o que aconteceu a esses soldados. Simplesmente, começaram a explodir. Hoje, um. Amanhã, mais outro. Até somarem, todos descontados, a quantia de cinco falecidos.

Agora, pergunto: explodiram na inteira realidade? Diz-se, em falta de verbo. Porque de um explodido sempre resta alguma sobra de substância. No caso, nem resto, nem fatia. Em feito e desfeito, nunca restou nada de seu original formato. Os soldados da paz morreram? Foram mortos? Deixo-vos na procura da resposta, ao longo destas páginas.

(Assinado: *O tradutor de Tizangara*)

Os amados fazem-se lembrar pela lágrima.
Os esquecidos fazem-se lembrar pelo sangue.

Dito de Tizangara

1

UM SEXO AVULTADO E AVULSO

O mundo não é o que existe, mas o que acontece.
Dito de Tizangara

Nu e cru, eis o facto: apareceu um pénis decepado, em plena Estrada Nacional, à entrada da vila de Tizangara. Era um sexo avulso e avultado. Os habitantes relampejaram-se em face do achado. Vieram todos, de todo lado. Uma roda de gente se engordou em redor da coisa. Também eu me cheguei, parado nas fileiras mais traseiras, mais posto que exposto. Avisado estou: atrás é onde melhor se vê e menos se é visto. Certo é o ditado: se a agulha cai no poço muitos espreitam, mas poucos descem a buscá-la.

Na nossa vila, acontecimento era coisa que nunca sucedia. Em Tizangara só os factos são sobrenaturais. E contra factos tudo são argumentos. Por isso, tudo acorreu, ninguém arredou. E foi o inteiro dia, uma roda curiosa, cozinhando rumores. Vocabuliam-se dúvidas, instantaneavam-se ordens:

— *Alguém que apanhe... a coisa, antes que ela seja atropelada.*

— *Atropelada ou atropilada?*

— *Coitado, o gajo ficou manco central!*

A gentania se agitava, bazarinhando. Estava-se naquele aparvalhamento quando alguém avistou, suspenso no céu, um boné azul.

— *Olhem, lá, no cimo da árvore!*

Era um desses bonés dos soldados das Nações Unidas. Pendurado num galho, balançava na vontade das brisas. No instante que se confirmou a identidade da boina foi como navalha golpeando a murmuração. E logo-logo a multidão se irresponsabilizou. Não valia a pena empernar na confusão. E a gente se dispersou, imediata, comentando que nada acontecera, até admiravam tanto o que nunca haviam visto. E desfalavam:

— *Agora é que vem aí chuva de molhar vento.*

— *Sim, é melhor voltarmos às vidas.*

— *Se emborem, pá!*

E destroçaram, todos destrocados. Sobre o asfalto quente ficou o apêndice órfão. No ramo seco restou o chapéu missionário, plenamente só no meio das aragens. Azul em fundo azul.

Sobrei para ali, sozinho, com um estranho pressentimento. Em minha alma, um espinho me magoava. Eu, a dizer, retirava o fel do vinagre. Aquilo não era ainda o sucedimento, mas os preparativos de sua chegada. Quando o silêncio clareia é que se escutam os escuros presságios. Foi nesse momento que me surpreendeu a voz, esbaforida:

— *Está ser chamado!*

— *Chamado, eu?*

Eu conhecia mais que bem o mensageiro: era Chupanga, o adjunto do administrador. Homem mucoso, subserviente — um engraxa-botas. Como todo o agradista: submisso com os grandes, arrogante com os pequenos. O fulano me fingia desconhecer, ocupado em suas superiores aparências. Ainda tentei um aperto de mão, mas logo ele foi atalhando o tempo. O burro, na companhia do leão, já não cumprimenta o cavalo.

— Não é você que fala afluentemente as outras línguas?

— Falo umas línguas, sim.

— Línguas locais ou mundiais?

— Umas e outras. Umas, de estrada. Outras, de corta-mato.

O mensageiro bateu os tacões das botas, moda os militares. Esse ruído, singelo que era, me soou como um aviso. Parecia um anjo escapando pelos arredores dos ares. E, realmente, era. Os anjos é que veem o que não se passa. No exato desse momento, começavam os primeiros problemas, esquinas onde o meu destino se haveria de labirintoar. Fora de mim, a voz de Chupanga insistia:

— Está ser chamado por Sua Excelência.

Sua Excelência era o administrador. Ordem daquelas não se duvida. Ouvimos, calamos e fazemos de conta que, calados, obedecemos. Nem vale a pena invocar ousadia. Existe um alguém a quem primeiro nascem os dentes e só depois os lábios? Quanto mais um lugar é pequenito, maior é o tamanho da obediência.

Foi assim que, momentos depois, desemboquei direito e direto na sede da administração. Era o mesmo edifício dos tempos coloniais, já depurado de espíritos. O casarão tinha sido tratado pelos feiticeiros, consoante as crenças. A voz de comando se abreviou, de afiados cantos:

— Entre, meu amigo. Precisamos de seus serviços.

Estêvão Jonas, o administrador da vila, ocupava a inteira largura da porta. A preocupação pingava-lhe no rosto. Um lenço branco ia e vinha a lhe enxugar a testa. Um gerador enchia tudo de ruído e o administrador teve que forçar a voz:

— Entre, meu camarada... isto é, meu amigo.

Entrei. Dentro havia mais fresco. No teto, uma ventoinha espanejava o ar. Eu sabia, como todos na vila: o administrador Jonas tinha desviado o gerador do hospital para seus mais privados serviços. Dona Ermelinda, sua esposa, tinha vazado os equipamentos públicos das enfermarias: geleiras, fogão, camas. Até saíra num jornal da capital que aquilo era abuso do poder. Jonas ria-se: ele não abusava; os outros é que não detinham poderes nenhuns. E repetia o ditado: cabrito come onde está amarrado.

— Mandei-lhe chamar porque precisamos de uma ação mais que imediata.

O administrador até enrugava a voz. Com razão e motivo: uma delegação oficial devia estar prestes a chegar. Vinha investigar o caso do sexo decepado. Haviam de vir os do governo de dentro, mais os do governo de fora. Até das Nações Unidas viriam. Vinham investigar o caso do sexo decepado. E os outros casos que envolviam os capacetes azuis desaparecidos. Nunca a vila de Tizangara tinha recebido tais altas individualidades. A voz do administrador Estêvão Jonas tremia quando apontou para mim e disse:

— Pois você fica, de imediato, nomeado tradutor oficial.

— Tradutor? Mas para que língua?

— Isso não interessa nada. Qualquer governo prezável tem seus tradutores. Você é o meu tradutor particular. Está compreender?

Não entendia, mas aprendera que, em Tizangara, nada necessita de entendimento. Ainda pigarreei para sugerir minhas objeções. Foi quando deu entrada Dona Ermelinda, a respectiva do administrador. Ela se fazia conhecer como "a Primeira Dama". Olhou-me como se eu não chegasse sequer a ser gente. E falou, prestando grandes favores ao mundo:

— *Dizem que vem um italiano e que vai ficar aqui a fazer a investigação. Você fala italiano?*

— *Eu não.*

— *Ótimo. Porque os italianos nunca falam italiano.*

— *Mas, desculpe, senhor administrador, traduzo para qual língua?*

— *Inglês, alemão. Uma qualquer, desenrasca-se.*

A administratriz de novo se interpôs, deixando invisível o esposo. Falava ajeitando o turbante e sacudindo as longas túnicas. Ermelinda clamava que eram vestes típicas de África. Mas nós éramos africanos, de carne e alma, e jamais havíamos visto tais indumentárias. No momento, ela reiterava:

— *O que eu quero, em tanto que Ermelinda, é que eles fiquem a saber que nós, em Tizangara, temos tradução simultânea.*

Remexeu nos dedos, ajeitando os enfeites. Ela exibia mais anéis que Saturno. Virando-se para o marido, quis saber se tinham mandado chamar a cultura.

— *A cultura?*

— *Sim, os grupos de dança.*

— *Eles não hão-de aceitar vir. Sem pagamento não aceitam.*

— *Mas será que nesta terra já ninguém faz nada só por vontade do amor?*

A Primeira Dama mais quis saber: se o povo ainda se concentrava na estrada. Porque ela pretendia realizar uma visita oficial ao local da ocorrência. O marido, incomodado, perguntou:

— *Vai ver aquilo, Ermelinda?*

— *Vou.*

— *Sabe que coisa está ali, desfalecida, no meio da estrada?*

— *Sei.*

— *Eu não acho bem, uma mulher com o seu estatuto... com aquela gente toda a ver.*

— *Vou, mas não como Ermelinda. Desloco-me oficialmente em tanto que Primeira Dama. E, entretanto, mande tirar aquela gentalha dali.*

— *Mas como é que posso dispersar as massas?*

— *Eu já não disse para você comprar as sirenes? Lá, na Nação, os chefes não andam com sirene?*

E saiu, com portes de rainha. No limiar da porta sacudiu as madeixas, fazendo tilintar os ouros, multiplicados em vistosos colares no vasto colo.

2

A MISSÃO DE INQUÉRITO

O que não pode florir no momento certo acaba explodindo depois.
                          Outro dito de Tizangara

A vila se formigava em roda vivente. Constava que, da capital, não tardaria a chegar a importantíssima delegação com soldados nacionais e os das Nações Unidas. Vinha igualmente um chefe maiúsculo do comando das tropas internacionais. Com os militares estrangeiros vinham o ministro não governamental e uns tantos chefes de departamentos vários. E mais um tal Massimo Risi, um italiano, homem sem gerais patentes. Seria esse que iria estacionar uns tempos em Tizangara.

Eu já estava na praça, perfilado junto com os chefes da administração local. Éramos a comissão de recepção, faríamos as honras à terra. O administrador Estêvão Jonas se retorcia nervoso. Ele mandava e desmandava, desfazia trinta por nenhuma linha.

— *Alinhados!* — repetia ele, comandando nossas posições.

Mesmo atrapalhado, ele se mostrava ainda vaidoso, peito mais arredondado que o pombo em arrasto de asa. Assim emperuado, sua pele reluzia ainda mais escura, repuxados os brilhos de sua fronte.

De entre a multidão figurava um bem visível cartaz

com enormíssimas letras: *"Boas vindas aos camaradas soviéticos! Viva o internacionalismo proletário!"*. O administrador deu ordem instantânea de se mandar retirar o dístico. E que ninguém entoasse vivas a ninguém. O povo andava bastante confuso com o tempo e a atualidade.

— *Distribuam os nossos dísticos, esses que mandámos pintar ontem.*

— *É melhor não, Excelência.*

— *E porquê?*

— *É que as tintas desapareceram lá do armazém.*

— *E os panos?*

— *Os panos não desapareceram. Os panos roubaram.*

Estava-se nessas desconformidades quando surgiu em nossa frente um cabrito malhado. O bicho destoava das solenidades. O administrador arreganhou em surdina:

— *Quem é esse cabrito?*

— *De quem é...* — o secretário corrigiu, discreto.

— *Sim, de quem é essa merda?*

— *Esse cabrito não será dos seus, Excelência?*

A ordem para evacuar dali o caprino veio tarde de mais: as sirenes já invadiam a praça. Num segundo, as velozes viaturas encheram a praça de poeira e ruído. De súbito, a travagem aflita. E escutou-se um baque surdo, o fragor de um carro embatendo num corpo. Era o cabrito. O bicho voou que nem uma garça felpuda e se estatelou num passeio próximo. Não morreu instantâneo. Antes, ficou por ali, manchado e desmanchado, amplificando seus berros pelo mundo. Com o embate, um chifre saltou com tal ímpeto que veio esbarrar no adjunto Chupanga. O homem pegou no desirmanado corno e entregou-o ao administrador.

— *Excelência, isto é seu.*

Estêvão Jonas, em fúria, atirou o chifre para o chão.

Puxou-me pelo braço, num esticão, e segredou a ordem árida:

— *Vá ali e mate-me de vez esse filho da puta desse cabrito.*

Impossível obedecer. Já os visitantes saíam dos carros com imponência e o administrador, em transe, repetiu o despropositado comando:

— *Alinhados!*

Pensando que a ordem lhe era destinada, o povo se ajeitava em filas quase indianas. Logo a praça se arranjou a jeito de cerimónia militar. Estêvão Jonas passou às apresentações. Sua voz, contudo, era continuamente abafada pelos balidos do cabrito.

— *Este aqui é...*
— *Mééé!*

Sabotagem ideológica do inimigo, foi assim que, mais tarde, o administrador classificou as interferências sonoras. Quem mais quereria atrapalhar o esplendor daquela solenidade? Na circunstância, porém, havia que desembaraçar o momento, sacudir poeira e sobrelevar. O ministro tomou conta da situação e emitiu despacho:

— *Vamos já ao local da ocorrência.*

Em volta, foi difícil encontrar espaço. O povo se conglomerava, espantado de presenciar tal desfile de eminências. Tudo aquilo chamado por um sexo masculino, ainda para mais jazendo em paz? E às centenas se aglomeraram os tizangarenses. Uns se admiravam de me ver ali, entre os notáveis. Passara eu a partilhar da panela dos graúdos, a beneficiar do fogão deles? Outros me acenavam com improvisado respeito, não fosse eu um mandador de chuva.

Os recém-chegados foram perdendo segurança à medida que forçavam caminho até ao local da descoberta. Ali, entre as massas, nem se vislumbra quem é o devido quem. Dona Ermelinda, ao lado de seu esposo, lhe bichanava:

— *Reparou nas sirenes? Não será que lhes pode pedir para eles as deixarem aqui?*

Aflitos, os estrangeiros comprimiam as máquinas fotográficas de encontro às barrigas, não fosse o diabo destecê-las. No meio da turbulência, entre puxões e empurrões ainda se escutavam os comandos do administrador:

— *Alinhados!*

Enfim, chegaram todos à estrada onde jazia o anónimo sexo. Formaram círculo e o silêncio deu um nó em volta. Assim, calados, pareciam prestar sentidas homenagens. O facto de o dito apêndice haver resistido aquele tempo sem ter sido removido pelos bichos era assunto que convocava as imaginações.

Até que o representante do governo central, depois de muito esfregar o vazio dos bolsos, tossiu e metafisicou hipótese: aquilo, em plena estrada, era um órgão ou organismo? E se era órgão, assim díspar e ímpar, de quem havia sido cortado? E logo se acenderam despropositados debates. Via-se que era o poeirar de vozes, só para espantar silêncio. Até que o administrador local sugeriu:

— *Com o devido respeito, Excelências: e se chamássemos Ana Deusqueira?!*

— *Mas, essa Ana, quem é?* — inquiriu o ministro.

Vozes se cruzaram: como se podia não conhecer a Deusqueira? Ora, ela era a prostituta da vila, a mais competente conhecedora dos machos locais.

— *Prostitutas? Vocês já têm cá disso?*

E o administrador, empoleirado na vaidade, murmurou:

— *É a descentralização, senhor ministro, é a promoção da iniciativa local!* — e repetia, enfunado: — *A nossa Ana!*

O ministro ainda achou por bem refrear aquele entusiasmo crescente:

— *A nossa, quer dizer...*

Mas o administrador já ia de vela e viagem. E prosseguia: que essa Ana era uma mulher às mil imperfeições, artista de invariedades, mulher bastante descapotável. Quem, senão ela, podia dar um parecer abalizado sobre a identidade do órgão? Ou não era ela perita em medicina ilegal?

— *Está compreender, Excelência? Chamamos a Ana Deusqueira para ela identificar o todo pela parte.*

— *Pela parte?*

— *Pela... pela coisa, quer dizer, refiro-me à questão pendente.*

E logo despachou mandamentos, em trejeitos militares, não fossem os estrangeiros pensar que o martelo não tinha cabo:

— *Senhor adjunto, vá chamar Ana Deusqueira.*

Já o mensageiro partia, fulminante, quando estacou e arrepiou caminho. E perguntou ao administrador, em voz pública:

— *Desculpe, Excelência, mas onde poderei encontrar a cuja convocada?*

Estêvão Jonas pigarreou, atrapalhaço. Ora, ele, por que raio ele tinha que saber do paradeiro dessa uma criatura? E chamando o adjunto mais perto lhe bichanou:

— *Seu burro! Vá àquele sítio que você já sabe.*

Foi uma fração de nada enquanto a ordem se cumpriu. O administrador, entretanto, deu de caras com a minha pessoa e me ordenou:

— *Traduza, traduza para o senhor Risi!*
— *Não vale a pena, ele está acompanhar tudo.*
— *Ao menos, faça um resumo. Aproveita para introduzir... quer dizer, para explicar a nossa Deusqueira.*

Não deu tempo. Já Ana Deusqueira se anunciava, com menos sirene que a delegação, mas com maiores espampanâncias. A mulher exibia demasiado corpo em insuficientes vestes. Os tacões altos se afundavam na areia como os olhos se espetavam nas suas curvaturas. O povo, em volta, olhava como se ela fosse irreal. Até recentemente não existira uma prostituta na vila. Nem palavra havia na língua local para nomear tal criatura. Ana Deusqueira era sempre motivo de êxtase e suspiração.

A mulher se desculpou quando se apercebeu da oficiosa expectativa. Chupanga, todo manteigoso, bichanou no ouvido da prostituta a breve explicação das circunstâncias. Afinal, não fora convocada para os usuais préstimos. Ana recebeu a surpresa, sempre em pose. Depois, amoleceu os charmes e agravou a voz. Ao fim ao cabo, vinha envergada a despropósito. Para quê a arte se falta o artifício? A mulher passou a mão pela cabeleira postiça e suspirou:

— *Txarra! Estava pensar era uma chamada de serviço. E com taxa de urgência.*

Soltou a gargalhada, em afronta. Depois, ela se aproximou da esposa do administrador e a contemplou em desafio. Media-lhe as alturas, descomparando-a. Quem, afinal, era a mais-que-primeira dama? Queixo altivo, em meio riso:

— *Como está a nossa Primeira Senhora?*

Dona Ermelinda tinha os olhos que cuspiam. Seu esposo a afastou, precavendo desmandos.

— *Volte para casa, mulher.*

— *É melhor ela ficar* — corrigiu a prostituta —, *e irmos juntas lá ver os restos do acidente. Quem sabe ela pode ajudar a identificar a coisa?*

O confronto ficou-se por ali. Porque os estrangeiros fardados rodearam a prostituta, fungando da intensidade dos seus aromas. A delegação se interessava: seria zelo, simples curiosidade? E pediram-lhe documentos comprovativos da sua rodagem: *curriculum vitae*, participação em projetos de desenvolvimento sustentável, trabalho em ligação com a comunidade.

— *Duvidam? Sou puta legítima. Não uma desmeretriz, dessas. Até já dormi com...*

— *Adiante, adiante* — apressou o ministro, que logo iniciou uma dissertação sobre vagos assuntos como as previsões da chuva, o estado miserável das estradas e outras nenhumarias.

Ana Deusqueira a tudo respondia, em verbo e gesto, olhos postos no italiano. Depois do inquérito, ela se aproximou de Massimo Risi e lhe segredou no ouvido. O que ela disse ninguém sabe. O povo só via o branco ficar vermelho e voltar a enlividecer, cara pendurada no rosto.

Depois, a prostituta deu costas à delegação e aproximou-se do polémico achado, no chão da estrada. Mirou o órgão desfigurado, tombado como um verme flácido. Joelhou-se e, com um pauzinho, revirou o hífen carnal. Em volta de Ana Deusqueira se formou um círculo, olhos de ansiosa expectativa. Impôs-se silêncio. Até que o chefe da polícia local inquiriu:

— *Cortaram esta coisa do homem ou vice-versa?*

— *Essa coisa, como o senhor polícia chama, essa coisa não pertence a nenhum dos homens daqui.*

— *Está certa?*

— *Com a máxima e absoluta certeza.*

Cumprida a examinação, Ana Deusqueira sacudiu as mãos e abanicou a cabeleira desfrisada como se fosse uma rainha. O ministro chamou à parte o delegado das Nações Unidas. Conferenciaram-se:

— *Desculpe lhe dizer, mas eu acho que é mais um desses casos...*

— *Quais casos?* — perguntou o estrangeiro.

— *Desses das explosões.*

— *Não me diga uma coisa dessas!*

— *Digo-lhe que é mais um explodido.*

— *Não me venha com essa merda dos explodidos. Desculpe lá, mas essa eu não engulo.*

— *Mas eu, como ministro, recebo informações...*

— *Escute bem: já desapareceram cinco soldados. Cinco! Eu tenho que dar relatório aos meus chefes em Nova Iorque, não quero estórias nem lendas.*

— *Mas o meu governo...*

— *O seu governo está a receber muito. Agora são vocês a dar qualquer coisa em troca. E nós queremos uma explicação plausível!*

E o representante do mundo impôs condição: exigia-se um relatório bilingue, previsões orçamentais e prestação de imediatas contas. O chefe da missão espumava as raivas:

— *É que já é de mais: cinco, com este seis!*

Seis soldados das Nações Unidas tinham-se eclipsado, não deixando nenhum traço senão um rio de delirantes boatos. Como podiam soldados estrangeiros dissolver-se assim, despoeirados no meio das Áfricas, que é como quem não diz, no meio de nada? O ministro, amargado, respondeu:

— *Está certo, vou falar com a pu... com a prostituta.*

— *Isso, fale. O que eu quero é esclarecer a situação.*

E ouça: quero tudo gravado. Não quero blá-blá-blá, estou cansado de folclore.

— Mas os depoimentos são todos unânimes: os soldados explodem!

— *Explodem? Como é que explodem sem minas, sem granadas, sem explosivos? Não me venha com conversa. Quero tudo gravado, aqui.*

Entregou um gravador e uma caixa de cassetes. Sobrou um silêncio grave. Para disfarçar as aparências de submissão, o ministro foi rodando os dedos pelos botões do aparelho. Súbito, soltou-se uma música do gravador, sons quentes desencadearam-se pelos ares e o povo, instantâneo, desatou a dançar. O universo, num segundo, se converteu numa infinita pista de dança. Atrapalhado, o ministro meteu os dedos pelas mãos, demorando a parar a fanfarra. A música lá silenciou e ainda ficaram uns pares rodopiando. Mais longe, o cabrito balia em gemidos mais e mais enfraquecidos.

— *O que é isto?* — inquiriu um ilustre.

— *Não é nada, são crianças imitando... isto é, brincando* — se apressou a declarar o administrador.

O responsável da ONU semelhava um dragão flamejando pelas narinas. Olhou o firmamento como se suplicasse compreensão divina. Chamou Massimo Risi e deu-lhe as rápidas e derradeiras instruções. Depois, entrou na espaçosa viatura, batendo a porta em fúria. Mas o jipe não pegou: nervoso do motorista, emagrecimento da bateria? O motor nhenhenhou-se em tentativas sucessivamente frustradas. O representante do mundo, de janelas fechadas, esperava certamente uma mão generosa para tchovar a viatura.

Mas o povo não se apressou a empurrar. O estrangeiro ficou de fronha no vidro, sem coragem para mendigar ajudas. Passou-se um pedaço. Na face do internacional consultor, gotas de suor escorriam mais velozes que os lentos minutos do tempo.

Foi Ana Deusqueira quem emitiu um estalar de dedos. Num segundo, mãos às dezenas se juntaram nas traseiras do veículo. Enquanto o povo empurrava a viatura, a prostituta enfeitou-se como se estivesse emoldourada, mãos sobre as coxas. Altiva, ficou olhando a comitiva desaparecer sem dignar um aceno de despedida. Quando a poeira reassentou, ela ainda soslaiou um breve olhar na estrada. Confirmou, então, que Massimo Risi ficara na vila, juntamente com uma porção de chefes. Ana Deusqueira se aproximou dele e disse:

— *Morreram milhares de moçambicanos, nunca vos vimos cá. Agora, desaparecem cinco estrangeiros e já é o fim do mundo?*

O italiano permaneceu mudo. Ana Deusqueira se encostou nele, dengosamente, e prometeu que ajudaria a esclarecer o mistério. Por exemplo, ela podia adiantar um segredo do que observara do resto do malogrado. Por acaso, o estrangeiro notara o tamanho daquele resto? A esperada revelação se fez ouvir:

— *Esse homem aí era do sexo maisculino.*

E a prostituta deflagrou uma gargalhada enquanto afastava uma imaginada poeira dos fios escorridos de sua falsa cabeleira.

3

UMA MULHER ESCAMOSA

Saudade de um tempo?
Tenho saudade é de não haver tempo.
                    Dito de Tizangara

Os visitantes se arrumaram na vila: o ministro se estabeleceu na casa do responsável local. Havia uma outra residência para o representante das Nações Unidas. Mas o italiano preferiu ficar na pensão local. Queria manter as independências, fora dos esquemas montados pelas autoridades locais. Eu seguia as ordens, acachorrado com ele. E lá fiquei residindo noutro quarto da pensão. Ao lado, para o que viesse.

Massimo Risi recusou que eu lhe levasse as bagagens e lá foi tropeçando pelos buracos, com maltas de crianças lhe perseguindo e mendigando doces.

— *Masuíti, patrão. Masuíti.*

Eu seguia atrás, respeitosamente. No enquanto, observava o estrangeiro: como a alma dele se via pelas suas traseiras! Os europeus, quando caminham, parecem pedir licença ao mundo. Pisam o chão com delicadeza mas, estranhamente, produzem muito barulho.

Chegámos, enfim, à pensão. Na fachada havia ainda vestígios dos tiros. Buraco de tiro é como ferrugem: nunca envelhece. Aquelas ocavidades pareciam recém-recentes, até faziam estremecer, tal a impressão que a guerra ainda estivesse viva. Em cima da porta, sobrevivia a placa "Pensão Martelo Jonas". Antes, o nome do estabelecimento era Martelo Proletário. Mudam-se os tempos, desnudam-se as vontades.

Massimo entrou a medo para uma sala escura. Mil olhos esbugolhavam o branco entrando na pensão. Frente a um balcão coberto de jornais antigos, o italiano perguntou:

— *Pode-me informar quantas estrelas tem este estabelecimento?*

— *Estrelas?*

O recepcionista achou que o homem não entendia do bom português e sorriu condescendente:

— *Meu senhor: aqui, a esta hora, não temos nenhumas estrelas.*

O estrangeiro olhou para trás pedindo meu socorro. Me adiantei e expliquei os desejos do visitante. Ele queria conhecer as condições. O recepcionista não se fez esperar:

— *As condições? Bom, isso é um pouco dificultoso porque, nesta fase, as condições já não são planificadas antecipadamente.*

Para mais, há lugares em que a curiosidade não é muito aconselhável. Anteceder-se ao tempo é coisa que só pode trazer azares. E o anfitrião aconselhou: o hóspede que pousasse as malas e a alma. No final de tudo, quando já estivesse de regresso, é que seria boa ocasião para ele entender as chamadas "condições".

— *Aqui só se sabe o que está acontecer quando já aconteceu. Está-me a compreender, meu caro senhor?*

O italiano olhou o teto com ar de pássaro à procura de orifício na gaiola. A pergunta nos pareceu tola mas o funcionário foi pronto na resposta:

— *A pensão é privada, mas é do Partido. Isto é, do Estado.*

E explicou: nacionalizaram, depois venderam, retiraram a licença, voltaram a vender. E outra vez: anularam a propriedade e, naquele preciso momento, se o estrangeiro assim o desejasse, o hoteleiro até podia facilitar as papeladas para nova aquisição. Falasse com o administrador Jonas, que tinha mandos no negócio.

— *Quer comprar a pensão?*
— *Mas que comprar?*
— *Agora deve ser barato porque é época muito baixinha para o turismo. Com essas explosões por aí não tem havido muita procura...*

O italiano virou-se para mim, como se, de repente, a lonjura se abatesse nele:

— *Pode-me traduzir, depois?*

A convite do recepcionista lá fomos pelo obscuro corredor. O homem ia explicando as insuficiências com o mesmo entusiasmo que outro hoteleiro, em qualquer lugar do mundo, anunciaria os luxos e confortos do seu hotel. E o italiano parecia se arrepender de alguma vez ter querido saber: só havia eletricidade uma hora por dia.

— *Merda, será que trouxe pilhas suficientes?* — se interrogou.

Afinal, eu estava dispensado de traduzir. Massimo sabia-se explicar e, pior ainda, entendia o que lhe diziam. O outro prosseguia com as condições:

— *Também não há água nas torneiras.*
— *Não há água?*
— *Não se preocupa, meu caro senhor: manhã cedo, havemos de trazer uma lata de água.*
— *E vem de onde, essa água?*

— *A água não vem de nenhum lugar: é um miúdo que traz.*

Chegámos ao quarto destinado ao estrangeiro. Eu ficaria mesmo ao lado. Ajudei o italiano a se instalar. O quarto tresandava. O hoteleiro, seguindo à frente, dissertava sobre a variedade de fauna coabitando o mesmo espaço: baratas, aranhas, ratos. No chão havia uma caixa. O homem debruçou-se sobre ela e foi tirando objetos diversos:

— *Esta revista é para matar as moscas. Esta sola velha é para as baratas. Esta bengala...*

— *Deixe estar, eu resolvo.*

O recepcionista abriu as cortinas e uma nuvem de poeira se espalhou pelo aposento. Passado um pouco tudo se tornou mais visível, mas o italiano parecia preferir o escuro. Um líquido espesso escorria pelas paredes.

— *É água, isso?*

— *Era bom, mas conforme já mencionei, nós aqui não temos água.*

O recepcionista já se retirava quando se recordou de uma recomendação. Desta vez, se dirigia a mim como se procurasse cumplicidade.

— *Às vezes, aparecem nos quartos uns insetos desses, sabe, que chamamos louva-a-deus.*

— *Sei o que são.*

— *Se aparecer um desses não lhe mate* — disse, dirigindo-se agora ao italiano. — *Nunca faça isso.*

— *E por quê?*

— *Nós aqui não matamos esses bichos. São nossas razões. Esse aí lhe explicará depois.*

Risi não se chegou a sentar na solidão do quarto. Passou pelo meu quarto e disse que iria dar uma volta. Precisava respirar e se apressou pelo corredor. Vi-o afastar e, de novo, escutei os seus próprios passos como se ele sozinho perfizesse uma coluna militar.

De repente, o italiano tropeçou num vulto. Era uma velha, talvez a mais idosa pessoa que ele jamais vira. Ajudou-a a erguer-se, conduziu-a até à porta do quarto ao lado. Só então, face à intensa luminosidade que escapava de uma janela, ele notou a capulana mal presa em redor da cancromida vizinha. O italiano esfregou os olhos como se buscasse acertar visão. É que o pano deixava entrever um corpo surpreendentemente liso, de moça polpuda e convidativa. Era como se aquele rosto encarquilhado não pertencesse àquela substância dela.

O italiano todo se arrepiou. Porque ela o olhava com encanto tal que até magoava. Mesmo eu, que languçava a cena de longe, me arregacei. Os olhos da velha continham frescuras e salivas de um beijo prometido. A mulher, toda ela, cheirava a glândula. Podia uma velha com tamanha idade inspirar desejos num homem em plenas faculdades? Massimo Risi se apressou a sair. De passagem pela recepção, aproveitou para recolher informações sobre a idosa mulher.

— *Ah, essa é Temporina. Ela só anda no corredor, vive no escuro, desde há séculos.*

— *Nunca sai?*

— *Sair?! Temporina?!*

O recepcionista riu-se, mas logo se emendou. Vendo que eu me aproximava, escolheu falar o restante comigo. Me acheguei, eu e o italiano nos compadreámos, adjuntando nossos ouvidos. O hospedeiro me fingiu segredar, sabendo que o outro escutava com gravidade:

— *O seu amigo branco que tenha muito cuidado com essa velha.*

— *Por quê?* — perguntou Massimo.

— *Ela é uma dessas que anda, mas não leva a sombra com ela.*

— *Que é que ele está falando?* — voltou a inquirir o italiano.

— *Você lhe explique, com devido tempo.*

Saímos. Na rua, o italiano pareceu ficar vencido pela frescura do fim de tarde. As vendedoras do bazar já arrumavam as suas mercadorias e uma imensa paz parecia regressar à interioridade das coisas. Risi sentou-se no único bar da vila. Parecia querer estar só e eu respeitei esse desejo. Me arrumei mais longe, tomando minha dose de fresco. As pessoas passavam e saudavam o estrangeiro com simpatia. Decorreram, inúmeros, os momentos e lhe perguntei se desejava regressar à pensão. Não queria. Apetecia-lhe nada, simplesmente ficar ali, longe do quarto, distante das suas obrigações. Sentei-me a seu lado. Ele me olhou, como se fosse por primeira vez:

— *Você quem é?*

— *Sou seu tradutor.*

— *Eu posso falar e entender. Problema não é a língua. O que eu não entendo é este mundo daqui.*

Um peso invisível lhe fez descair a cabeça. Parecia derrotado, sem esperança.

— *Tenho que cumprir esta missão. Eu queria só receber a promoção que há tanto espero.*

— *O senhor vai conseguir.*

— *Acha que vou saber quem fez explodir os soldados?*

O italiano estava num desfarrapo. Cabelos baldios, em desmazelo. Foi então que apareceu um homem, todo maltrapilho, que a si mesmo fez menção:

— *Peço desculpa, meus patrões. Peço falar com esse estrangeiro de fora.*

— *Que se passa?*

— *É que eu sou ligado com o falecido.*
— *Falecido?!*
— *Esse cabrito que foi pisado com o carro.*
— *E então?*
— *É que eu é que sou o dono desse cujo cabrito. E, agora, quem me compensa?*

E fez os dedos roçarem uns nos outros, sugerindo a tilintação do dinheiro. O italiano, felizmente, nem entendeu bem o que se passava. Pedi ao dono do malogrado capríneo que voltasse mais tarde. Ele já se retirava quando se recordou de algo e voltou atrás. Para meu espanto, anunciou que meu pai chegara à vila. Primeiro, inacreditei.

— *Chegou. E se instalou lá na sua velha casa.*

Fiquei surpreso. Ele que anunciara que nunca mais regressaria a Tizangara. Agora, que eu estava envolvido naquela missão, residindo por obrigação na pensão, agora é que ele decidia reinstalar-se no lugar da minha infância?

O italiano adivinhou a minha preocupação.
— *Que se passa?*
— *O senhor não sabe o que significa a chegada de meu velho.*

Sem que desse conta eu me abria e confessava antigas lembranças ao estrangeiro. Vantagem de um estranho é que confiamos essa mentira de termos uma só alma.

4

APRESENTAÇÃO DO FALADOR DA ESTÓRIA

Deus me deu tarefa de morrer.
Nunca cumpri.
Agora, porém, já aprendi a obediência.
Palavras de Dona Hortênsia

Há aqueles que nascem com defeito. Eu nasci por defeito. Explico: no meu parto não me extraíram todo, por inteiro. Parte de mim ficou lá, grudada nas entranhas de minha mãe. Tanto isso aconteceu que ela não me alcançava ver: olhava e não me enxergava. Essa parte de mim que estava nela me roubava de sua visão. Ela não se conformava:

— *Sou cega de si, mas hei-de encontrar modos de lhe ver!*

A vida é assim: peixe vivo, mas que só vive no correr da água. Quem quer prender esse peixe tem que o matar. Só assim o possui em mão. Falo do tempo, falo da água. Os filhos se parecem com água andante, o irrecuperável curso do tempo. Um rio tem data de nascimento? Em que dia exato nos nascem os filhos?

Conselhos de minha mãe foram apenas silêncios. Suas falas tinham o sotaque de nuvem.

— *A vida é que é a mais contagiosa* — dizia.

Eu lhe pedia explicação do nosso destino, ancorados em pobreza.

— *Veja você, meu filho, já apanhou mania dos bran-*

cos! — Inclinava a cabeça como se a cabeça fugisse do pensamento e me avisava: — *Você quer entender o mundo que é coisa que nunca se entende.*

Em tom mais grave, me alertava:

— *A ideia lhe poise como a garça: só com uma perna. Que é para não pesar no coração.*

— Ora, mãe...

— *Porque o coração, meu filho, o coração tem sempre outro pensamento.*

Falas dela, mais perto da boca que do miolo. Certa vez, ela me puxou a sentar. Seus ares eram graves. E disse:

— *Ontem tive nem sei se foi um pensamento.*

— *Pensou o quê?*

— *Foi assim pouco mais ou menos: eu precisava não viver para lhe conseguir ver. Me está entender?*

Enquanto falava, seus dedos dactilogravavam meu rosto, linha por linha. Minha mãe me lia por dedos tortos.

— *Você é parecido a mim.*

Depois de mim seu ventre se fechou. Eu não era apenas um filho — era o castigo de ela não mais poder ser mãe. E aquele destino em outras punições se multiplicou: meu pai, em lugar de lhe reservar mais carinho, passou a lhe infligir penas, deitando-lhe as culpas pelos males do universo. E se sentiu aliviado: se ela perdera fertilidade, ele tinha direito de não ter deveres.

— *Agora eu já não sou sujeito de nada. Me irresponsabilizo.*

E passou a dormir fora, gastando sua idade em leitos de outras. Minha mãe chorava enquanto dormia na solidão do leito desconjugal. Não soluçava, nem se escutava o despejo da tristeza. Só as lágrimas lhe escorriam sem pausa durante a noite. De modo que despertava encharcada em poça da mais pura e destilada água. Eu a tirava dali, daquelas águas, e a enxugava sempre com o mesmo pano. Outra toalha não podia ser: aquele era o pano que havia recebido seu único parto. Aquele pano me embrulhara em minha estreia de ser. Seria, quem sabe, a sua última cobertura.

Apesar da noturna tristeza de minha mãe, eu vivia com o sossego de peixe em água parada. Naquele tempo, não havia antigamentes. Tudo para mim era recente, em via de nascer. Nos meses devidos eu ajudava minha mãe na machamba. Lhe acompanhava entre os caminhos, sempre novos, tal era a verduragem que teimava em reocupar os espaços. Ela sorrindo, como se desculpasse os maus modos da floresta:

— *Aqui o mato gosta muito de crescer.*

Nos intervalos da machamba, nos sentávamos, eu e minha mãe, sob a brisa do canhoeiro. Ela me segurava na mão enquanto falava. E desfolhava seus lamentos: nossa tradição não autoriza uma criança a assistir um funeral. Morte é visão de crescido. Só minha mãe, já engrandecida, parecia não estar autorizada a ver minha própria vida. E assentava, em consenso consigo:

— *A vida, meu filho, é uma desilusionista.*

Em fins de tarde, os flamingos cruzavam o céu. Minha mãe ficava calada, contemplando o voo. Enquanto não se extinguissem os longos pássaros ela não pronunciava palavra. Nem eu me podia mexer. Tudo, nesse momento, era sagrado. Já no desfalecer da luz minha mãe entoava, quase em surdina, uma canção que ela tirara de seu invento. Para ela, os flamingos eram eles que empurravam o sol para que o dia chegasse ao outro lado do mundo.

— *Este canto é para eles voltarem, amanhã mais outra vez!*

Certa vez, acordámos um pacto, com testemunho de

Deus. Juntámos juras, sagrados xicuembos: que eu lhe iria visitar no momento em que ela se estivesse despedindo de viver. Pois, nesse intervalo de instante, ela acreditava poder, enfim, me ver de rosto e corpo. E se fechou combinação: em chegando a sua moribundição ela me avisaria. Eu acorreria e ela, finalmente, me havia de conhecer, olhos em olhos.

Passou-se o tempo e eu saí da terra nossa, encorajado pelo padre Muhando. Na cidade, eu tinha acesso à carteirinha das aulas. A escola foi para mim como um barco: me dava acesso a outros mundos. Contudo, aquele ensinamento não me totalizava. Ao contrário: mais eu aprendia, mais eu sufocava. Ainda me demorei por anos, ganhando saberes precisos e preciosos.

Na viagem de regresso não seria já eu que voltava. Seria um quem não sei, sem minha infância. Culpa de nada. Só isto: sou árvore nascida em margem. Mais lá, no adiante, sou canoa, a fugir pela corrente; mais próximo sou madeira incapaz de escapar do fogo.

Um dia, o juramento de minha velha mãe cumpriu seu serviço. Vieram me chamar, às emergências: minha mãe se estava despegando da alma. Viajei nos costados de um velho camião. Chegado à vila acorri num bater de pestana. Tinha que chegar antes que ela desmundasse. Cheguei tarde? No coração envelhecido de uma mãe, os filhos regressam sempre tarde. Ela me pegou na mão e fechou os olhos como se fosse por eles que respirasse. Estava tão parada, tão sem brisa no peito, que me afligi. Os outros me sossegaram:

— *Está só a fingir de falecida. Só para Deus ter pena dela.*

Mas não era esse fingimento. Ninguém sabia que ela, conforme esse desmaio, me tinha finalmente alcançado em sua visão. Ela me focava, tal qual minhas conformidades. Seu rosto se engelhou, em ilegível sorriso:

— *Afinal, você é parecido com ele...*

— Com meu pai?

Ela voltou a sorrir, fosse quase em suspiro, enquanto repetia:

— *Com ele...*

Me apertou as mãos, em espasmo. A pálpebra já se desenhava em estalactite. A morte é uma brevíssima varanda. Dali se espreita o tempo como a águia se debruça no penhasco — em volta todo o espaço se pode converter em esplêndida voação.

— *Mãe? Quem é ele?*

Eu lhe perguntava isso só para fazer conta que não notara que ela já desvivia. Eu queria era pequeninar tristeza. Fiquei com o corpo de minha mãe encostando uma leveza no meu peito, semelhando uma folha tombando do imbondeiro. Ela falecera nesse instante em que iniciava a contemplação de mim. Seria verdade que me chegara ver? Nem isso já contava para nenhuma importância. O que era preciso era avisar meu pai desse desacontecimento.

Nossa gente não vive sem tratar os do lado de lá, passados a poente fino. Habitamos assim: a vida a oriente, a morte a ocidente. A morte, a morte mais sua inexplicável utilidade! Minha mãe partira na curva da chuva, saindo a habitar a estrela de nenhumas pontas. A partir de então, a vida já não lhe comparecia: ela apanhara o último desencontrão. Ainda lembrei suas palavras amadurecendo uma esperança para mim quando eu de tudo descria:

— *Não vê os rios que nunca enchem o mar? A vida de cada um também é assim: está sempre toda por viver.*

E agora, por não consequência, eu partia para encontrar meu pai. Onde ele pairava? Se mantinha ali nos arredores do nosso distrito, incapaz do longe, inapto para o perto? Alugaria ainda seu velho barco aos pescadores da foz do rio? Eu esperava que sim, causa do afeto que ganhara pelo barquinho, as vezes que permanecera sob cuidados paternos. Fora eu que nomeara o bote: o *barco-irís*. E lá me encimava na proa, ondarilhando por aquelas águas. Quando construíram a barragem, o rio ficou mais ensinado e o estuário se adocicou, oferecido a navegações todo o ano.

De todas as vezes que fui visitar meu pai eu me entreguei à vida do povo dali. Ajudei na faina, puxei rede, espetei polvo, amarrei embarcação. Meu pai me recebia satisfeito na praia. Nunca quis saber sobre meus cansaços. Ele tinha ideia muito dele sobre o trabalho. Para ele, o barco é que fazia andar o remo. Em toda sua vida, ele só andara pelos interiores. Era um sabedor de matos, ignorante de oceano.

Nesse tempo, eu ainda tinha o corpo todo vivo, estava ali para as crenças e nascenças. De noite, ante a crepintação da fogueira, o velho Sulplício me pedia para relatar minhas aventuras na barqueação. E sorria, defendendo suas incapacidades em assuntos marinhos:

— *O camarão anda na água e não sabe nadar.*

Depois dos conflitos que tivera com a administração, meu velho não guardava boa ideia do trabalho. Antes, ele acreditara no poder de o trabalho criar futuro. Perdera essa crença. Em ano recente, até decidiu envergar pijama para toda a vida. Apenas de noite, quando o pijama devia cumprir seus congênitos serviços, ele se libertava do vestuário. Despia-se para dormir.

— *Mas pai, de pijama durante o dia?*

É que se dava o caso de ele dormitar aqui e acolá, encostado mesmo à mais brava claridade. Assim, com tal indumentária, ele estava bem adequado a esses cabeceios. Mas não era apenas o caso do pijama: o velho se aumentava de manias que contrariavam a gente universal. Como, noutro exemplo: só no domingo ele calçava. Nos restantes dias, os da semana, seus pés terreavam, satisfeitos por acariciarem o infinito do chão. Fim do dia, derramava um chá morno sobre as pernas. Os pés nus numa bacia se encharcavam, em banho de repouso.

— *Estou a dar-lhes de beber* — e se ria.

Minha velhota muito se irritava com aquele desacostumado uso. A esquisitice, porém, tinha uma razão: ele andava descalço para não gastar seu único par de sapatos. Trazia-os pendurados pelas mãos, mas sem nunca os envergar enquanto marchasse. Calçava-os apenas depois, quando já estava parado em pose de senhor.

Aqueles momentos junto ao meu velhote me puxavam para um incerto sono, quem sabe isso que chamam de ternura fosse aquele amaciamento. Esses breves tempos foram, hoje eu sei, a minha única casa. No estuário onde meu velho deitara seu existir eu inventava minha nascente.

Todavia, as visitas à foz do rio foram breves e poucas, simples relâmpejos de lembrança. Minha mãe acabou proibindo essas más influências dele. Meu velho que pagasse em isolamento sua irresponsabilidade. Ela se vingava da deserção dele. Quando se retirou da família, ele, por um tempo, ainda vagabundeou por ali. Depois, se instalara nos arredores da vila, fazendo de sua vida o que fazemos com o lençol: dobram-se as pontas e enterram-se sob o colchão. Nós nunca víamos as pontas do seu viver, nem a direção que dava à sua existência. Isso era mistério oculto por baixo dele mesmo. Começou a dar sinais de si apenas quando já eu era bem menino. E passou a nos visitar, vezes enquanto. Se deixava ficar uns dias. Nunca reparei se dormia em qual quarto. No fundo, eu desejava guardar a ilusão de que ele e minha mãe ainda dividiam as noites num só teto.

Manhã seguinte, ele me conduzia por um desmatado. Não ia muito longe. Ali, junto a um enorme morro de muchém, ele parava. Se anichava rente ao chão e acariciava a termiteira. Depois, se erguia e apontava para além de uns frondosos konones:

— *Está ver aquele caminhozito?*

Eu não via senão as folhagens. A savana ali se fechava em verdes. Não adiantava apurar as vistas. Os dois tínhamos medo de ir mais longe. Mas ele apontava a distância e me repisava a advertência:

— *Quando chegar o fim do mundo você toma este carreirinho. Está a ouvir?*

Conselho que nunca quereria cumprir. Mas que não podia depositar dúvida. Que ele sabia que era certo e certeiro o final da humanidade.

Tudo isso eu lembrava quando cheguei à praia de Inhamudzi onde meu velho se exilara. O lugar não era distante e eu viajara mais lembranças que quilómetros. Desta vez, eu vinha quase sem mim, parecia um desqualquerficado. Meus saberes de cidade serviam para quê? Aqueles caminhos tinham serviços que não eram os mesmos das ruas urbanas: pareciam feitos apenas para passarem sonhos e poentes.

Aquelas estreitas ruinhas aliviavam a tristeza da terra dando caminho ao último sol, em direção aos secretos recantos de nossa alma. Circulei por ali. Procurei entre as tendas e casinhas de caniço. Não havia sinal dele, apenas dicências, istos-aquilos. O velho Sulplício, sabia ele de sua própria realidade?

Finalmente o descobri. Meu pai, o que lhe tinha sido feito? Estava magrito, esgazelado, parecia que até a alma lhe era uma coisa externa. Desde minha última visita ele se inquilinara num escuro, no oco de um velho farol. Tinha-se tornado faroleiro. Subira a ocupar um farol desempregado, já nenhum barco usava aqueles caminhos de saída para o mar.

Contudo, o velho se levava a sério em sua nova profissão. Aquilo pedia muita atenção: focar o infinito, fiscal do horizonte. Se em toda a vida ele inspecionara e policiara a savana! Agora, ele simplesmente mudava o objeto de sua vigilância. Seria por isso que fazia de conta que eu era invisível quando falei:

— *Pai, eu trago notícias tristes de Tizangara.*

Com um gesto firme me ordenou silêncio. Que ele se concentrava na ventania. Espreitou o horizonte e sacudiu a cabeça:

— *Lembra que eu andava a aprender idioma da passarada? Pois, sua mãe nunca me autorizou.*

— *Pai, me escute...*

— *Agora, meu filho, eu já não falo nenhuma língua, falo só sotaques. Entende?*

Eu não entendia nada. Meu pai variava sem formato no pensamento. Meu ar sério, insistindo no assunto que ali me trazia, rapidamente o indispôs.

— *Você dá-me lembrança de sua mãe: nunca entende. Isso como irrita!*

No mais, ele recusou escutar. Categórico, abanou a mão a decepar-me as falas.

— *Volta para lá, eu não quero ouvir nada do que você vem aqui falar...*

— *Mas pai, a mãe...*
— *Não quero ouvir...*

Escutei seus passos subindo a escada encaracolada. De repente, parou. A sua voz, deformada, me chegou:

— *É estranho. Por aqui já não se ouvem tiros!*
— *Pai, a guerra já acabou.*
— *Você se acredita nisso?*

Já eu seguia o caminho de retorno, quando a sua voz pairou sobre mim. Falava da janela da torre.

Lembra o carreirinho por trás da nossa casa? Pois, não esqueça: se o mundo terminar, de repente, você sai por esse caminho.

5

A EXPLICAÇÃO DE TEMPORINA

Uns sabem e não acreditam.
Esses não chegam nunca a ver.
Outros não sabem e acreditam.
Esses não veem mais que um cego.
                    Provérbio de Tizangara

O italiano se havia reclinado como um ponteiro. Parecia ter gostado do relato das minhas infâncias. Quando terminei ele se deixou em silêncio. Por um tempo permaneceu assim, dissolvido naquela pausa. Só depois falou:
— *Esta sua estória... tudo isso é verdadeiro?*
— *Como verdadeiro?*
— *Desculpe perguntar. Mas eu fiquei escutando, me perdi. Que horas são?*

Era tempo de regressarmos à pensão. Soprava um vento pontiagudo. O mesmo recepcionista estava na soleira da porta varrendo umas placas de plástico. Algumas das letras do anúncio haviam caído com a ventania. Lia-se agora: "Martelo Jo".

O italiano, cansado, nem se sentiu adormecer. Nessa noite, um estranho sonho tomou conta dele: a velha do corredor entrava no quarto, se despia revelando as mais apetitosas carnes que ele jamais presenciara. No sonho, o italiano fez amor com ela. Massimo Risi nunca tinha experimentado tão gostosas carícias. Ele rodou e rerodou nos lençóis, gemendo alto, esfregando-se na almofada. Se era pesadelo, ele muito se divertia.

Despertou suado e sujo, o peito ainda resfolegando. Olhou em volta e reparou que alguém mexera nas suas roupas. Alguém estivera no quarto. Levantou-se e viu o balde com água. Suspirou, aliviado. Tinha sido, certamente, o rapaz da pensão. Massimo lavou-se com a ajuda de um copo. Barbeou-se com o resto da água do banho. Ficou olhando o balde como se reparasse, pela primeira vez, o quanto pode valer um pouco de água. Depois, saiu do quarto e foi-se esgueirando pelo corredor quando um braço o fez parar. Era a velha Temporina. O italiano estacou gelado. Dengosa, a velha deu uns passos em redor do estrangeiro. Depois encostou-se, requebrosa, na porta do quarto. Sorriu estranhamente apontando a própria barriga:

— *Estou grávida de você...*

Risi perguntou, em voz sumida:

— *O quê?*

— *Esta noite fiquei grávida consigo.*

O homem ficou com a boca na nuca. A velha sorriu, passou um dedo sobre os lábios do estrangeiro e reentrou no quarto, fechando a porta atrás de si. Risi tresandarilhou pelo corredor antes de regressar aos seus aposentos. Sentou-se na borda da cama e, de novo, lhe chegaram lembranças do sonho. No chão, porém: uma capulana! Como fora ali parar? Um toque na porta o fez precipitar sobre o suspeitoso pano. Escondeu a capulana por debaixo da cama. Era o hospedeiro que entrou, cerimonioso. Depois de sucessivos "dá licenças" ele se fez ao assunto:

— *Senhor Massimo, eu ouvi tudo.*

— *Tudo o quê?*

— *O que passou ali no corredor.*

Meu coração se apertou. Se se espalhasse que o italiano andava em envolvências com Temporina o assunto haveria de ferver entre os tizangarenses. Não parecia que o recepcionista estivesse interessado nestes rumores. Por isso ele insistia com Massimo Risi:

— *Você se atente, caro amigo. Essa mulher ela é uma enfeitiçada. Quem sabe agora você não explode como os outros?*

— *Mas eu não fiz nada.*

— *Se ela reclama que você lhe engravidou! Só se ela é a segunda Virgem Maria...*

— *Eu juro, não toquei nessa mulher* — rumorejou o italiano.

— *Agora essa moça vai querer lhe acompanhar lá para sua terra. Ela mais o vosso filho mulato.*

Percebeu-se algum desprezo no modo como disse "mulato". O padre Muhando já falara contra esse preconceito. O pensamento do sacerdote ia direito no assunto: mulatos, não somos todos nós? Mas o povo, em Tizangara, não se queria reconhecer amulatado. Porque o ser negro — ter aquela raça — nos tinha sido passado como nossa única e última riqueza. E alguns de nós fabricavam sua identidade nesse ilusório espelho.

Massimo parecia ausente. Antecipava em sua cabeça o desfile daqueles imprevistos em sua vida?

— *Eu não posso entender!*

— *É díficil, sim senhor. Até porque essa mulher não existe.*

— *Não existe?*

— *Não existe do modo como o senhor pensa.*

— *Como assim?*

Eu já estava escutando a conversa no corredor. Decidi entrar. O recepcionista suspirou aliviado e disse, apontando para mim:

— *Ele que explique. E siga o meu conselho, o melhor*

é pegar nessa bengala e bater nela. É, só assim ela vai sair dos seus sonhos.

E o hospedeiro já se retirava quando notou qualquer coisa no chão. Se debruçou a inspecionar e a sua voz se aflautou:

— *Você matou-lhe!*

O italiano se ergueu, aflito. Outra morte? E o recepcionista, juntando as mãos no rosto, gritava olhando o chão:

— *Hortênsia!*

O italiano passava ao oitenta sem parar no oito. Hortênsia? Que se passava, agora? Olhou para mim pedindo socorro e eu aproximei-me do hospedeiro para esclarecimento. O homem apontava no chão uma louva-a-deus morta. Também a mim me veio um arrepio. De repente, aquele cadáver estava para além de um inseto. O recepcionista prosseguia, lamurioso:

— *Ela andava sempre por aí, pelos quartos.*

Mais pesaroso não se podia estar. O italiano, quando entendeu, tratou de despachar dali o recepcionista. Não havia réstia de paciência, nas reservas dele. E com a bengala enxotou do quarto o bicho, varrendo-o como se de um mero lixo se tratasse.

— *E agora me explique! Que raio se passa?*

Uma louva-a-deus não era um simples inseto. Era um antepassado visitando os viventes. Expliquei a crença a Massimo: aquele bicho andava ali em serviço de defunto. Matá-lo podia ser um mau prenúncio. O italiano olhou a bengala e encostou-a num canto do quarto. Ficou absorto. Contudo, nem no caso parecia pensar. O seu olhar denunciava que não era uma louva-a-deus, mas uma mulher que passeava em seu pensamento.

Sentei-me na mesa de cabeceira e decidi desvendar o mistério de Temporina. Não por minha autoria. Nessa tarde, sem nada dizer, fui chamar a velha enquanto Massimo se despojava no leito. Estava cansado de mais para avaliar limpezas, certificar-se de bichos sobre a colcha. Se abandonou. Seus sentidos se iam exilar não fosse o suave da voz:

— *Não se assuste. Sou eu.*

Era Temporina, sua velha vizinha. Ela permaneceu na penumbra, encostada num canto.

— *Trouxe-lhe de beber.*

E estendeu-lhe um copo. O italiano segurou na bebida, semierguido na cama.

— *E o que é isto?*

— *Não pergunte. Beba, sem medo.*

Ele tragou a bebida de uma só vez. Temporina ainda tentou evitar-lhe o gesto, mas desconseguiu. Ela queria que ele vertesse uns pingos no chão, homenagem devida aos falecidos. A Hortênsia, no caso. O italiano estalou a língua nos dentes. A falsa velha se aproximou da luz. Seu corpo se iluminou enquanto o italiano, discreto, confirmava a beleza daquela mulher. Só então falei:

— *Temporina, explique quem você é. E você, italiano, escute bem.*

Temporina se encostou na cómoda, olhou mais longe que seu olhar. Reinava em seu rosto um estranho sorriso. Me parecia aquela felicidade que eu já vira em rostos idosos: o simples feito de morrer mais tarde, depois de terminado o tempo. E falou, com sua voz de menina:

— *Tenho duas idades. Mas sou miúda. Nem vinte não tenho.*

— *Madonna zingara!* — suspirou Massimo, abanando a cabeça.

— *Tenho cara de velha porque recebi castigo dos espíritos.*

— *Madonna zingara!* — repetia o italiano.

— *Castigaram-me porque se passaram os tempos sem que nenhum homem provasse da minha carne.*

Ajudei na explicação. Eu conhecia Temporina, ela era apenas um pouco mais velha do que eu. Era verdade: ela não aceitara nenhum namoro enquanto moça. Quando deu conta, tinha-se passado o prazo da sua adolescência. Mais que o permitido. E assim desceu sobre ela a punição divina. Numa só noite seu rosto se preencheu de ruga, se perfez nela todo o redesenhar do tempo. Contudo, no restante corpo, ela guardava sua juventude.

— *Venha comigo. Quero-lhe mostrar uma coisa.*

Temporina puxou o estrangeiro e o foi empurrando pelo corredor até à recepção. Depois, parou, cautelosa.

— *Vá você à frente. A mim ninguém me pode ver saindo por aí. Senão me expulsam da pensão.*

O italiano olhou para trás e fez questão de que eu o acompanhasse. No fundo, sentia medo de Temporina. Seco, me deu ordem:

— *Venha conosco.*

Temporina conduziu-nos ao longo de uma viela desiluminada. Eu sabia o que iria encontrar. Conhecia o caminho, sabia o destino. Deixei-me ficar atrás para que o europeu pudesse descobrir por ele o que se iria seguir. Nós íamos a casa de Dona Hortênsia, tia de Temporina. Hortênsia, a falecida, assim se conhecia. Essa que, aos olhos do recepcionista, visitava a pensão em forma de louva-a-deus. E que iria visitar os vivos em outras formas. Pois ela era a mais falecida das criaturas de Tizangara. Hortênsia era a última neta dos fundadores da vila.

— *Para onde estamos a ir? Eu não quero ir mais. Volto para a pensão.*

O italiano, de repente, acordara para a sua realidade.

E parou, em meio do caminho. Temporina voltou atrás e lhe pediu:

— *Venha! Vamos a casa de minha falecida tia.*

Massimo continuou recusando. Queria regressar à pensão, concentrar-se nos assuntos da sua investigação.

Ajudei Temporina a convencer o estrangeiro. A casa de Hortênsia era importante para a missão. Tinham usado o grande casarão para alojar os soldados das Nações Unidas. Foi o administrador que decidiu contra vontade de todos. A casa era um lugar de espíritos. Não importava o que os soldados fizessem. Importava, sim, o que o lugar ia fazer aos inautorizados visitantes.

— *Quem sabe você encontra lá documentos, provas deixadas pelos soldados?*

Massimo, hesitante, aceitou. Chegámos e não entrámos logo. Ficámos sentados na entrada. O estrangeiro, vendo-me de olhos fechados, acreditou que eu rezasse. Mas eu apenas convocava as doces lembranças da falecida. E me deixava ocupar pelo tempo.

À entrada, Temporina gritou:

— *Dá licença, Tia Hortênsia?*

Silêncio. O italiano me pegou pelo ombro: Hortênsia não estava falecida? Pedia-se autorização a um morto? Pedi que respeitasse o silêncio. A um imperceptível sinal, Temporina recebeu resposta da antiga dona. Podíamos entrar. De novo, o italiano resistiu. Contei-lhe então quem fora a antiga dona.

Hortênsia. Não era em vão que tinha nome de flor. Não que fosse bonita. Todavia, ficava na varanda o dia inteiro, fingindo olhar o tempo. Não era no tempo que punha o olhar. Porque, a bem dizer, ela ganhara acesso a outras visões.

Tia Hortênsia vivia com seus dois sobrinhos. Temporina era a mais velha. O outro, era um rapaz de comprovadas inabilidades. O moço era lento e tonto, com tanto atraso na mente quanto no gesto. Nunca uma ideia visitara a sua cabeça e ele vivia tranquilo com a satisfação de um santo depois do pecado. O moço não era um fulano, nem um indivíduo. Assim, nem nome nenhum lhe foi posto. Valia a pena desperdiçar um nome humano num ser de que se duvidavam as propriedades? Hortênsia nada fazia senão expor-se na varanda. Ali se encenava o dia inteiro.

— *Mas, tia, por que se varandeia tanto, de manhã até à noite?*

— *Só quero ser contemplável.*

Seria, pois, a vaidade que a chamava à varanda, vestida dos mais belos panos e um lenço lhe compondo o cabelo. Tia Hortênsia era solteira e não se lhe conhecia estória. Nenhum homem cabeceara em seu travesseiro. Nunca nenhum homem conseguiu visto de entrada no seu coração. Ela estava na varanda como o povo sempre a conhecera: de alma intransitável, sem estacionamento. As íntimas riquezas da solteirã ficariam para quem? A vila se interrogava — não tivesse ela andanças, mas ao menos valesse heranças.

— *No dia em que deixar de tomar banho.*

Era o modo de nomear o dia de sua morte. Falava tudo por enfeite. Pois, nesse dia, dizia Hortênsia, quando estivesse toda por baixo das pálpebras, viessem lhe tirar posses e bens, esvaziassem-lhe a casa como vazia seria sua lembrança. A sua retirada do mundo dos viventes passou a ocupá-la por demasia. Em tudo e nada ela se despedia. Esbanjava adeuses. Saía à casa de banho, ia à cozinha: não se retirava sem as devidas vénias. Encenando o definitivo.

Quando, enfim, a doença disputou seu corpo, Hortênsia chamou os dois sobrinhos e comunicou a Temporina:

— *Não lhe deixo nada, sobrinhita. Nem vale a pena: esses meus bens morrerão de tristeza sem mim. Ninguém mais será dono deles* — e virando-se para o sobrinho: — *Você leve tudo. Você, sobrinhito, é tão tonto que nem dará conta que esses objetos, minhas riquezas, se evaporarão, desfeitos em poeira tão fina, que nem rasto deles ficará. Entende, sobrinho?*

O moço, cabisbruto, negou com a cabeça. Ela trocou a ideia por palavras miúdas. Como não tinha quem lhe tivesse amado ela deixara os objetos se apaixonarem por ela. Esses pertences se suicidariam sem a sua companhia.

— *E agora já se pode retirar, você, meu sobrinho desmiolado.*

Ficaram sós, as duas mulheres. A tia então lhe segurou as duas mãos e lhe falou. Ela que se cuidasse. Que se entregasse, sem mais demora, nos braços de um homem. Senão ela herdaria o destino da pobre tia. Ou pior, poderia mesmo abater-se sobre ela, tão linda, a punição do envelhecimento.

— *Agora, minha filha, me leve para a varanda.*

Temporina a carregou para o relento da noite. Ela se sentou na velha poltrona e suspirou olhando a rua. Se viam escassas gentes caminhando para a igreja.

— *Quer saber por que fiquei sempre na varanda?*
— *E porquê, Tia Hortênsia?*
— *Para ver se Deus me escolhia e me levava. Nunca me levou. Eu sou muito negra, deve ser por causa disso que, mesmo eu ficando frente à igreja, ele nunca me escolheu.*

Hortênsia se obscureceu naquela noite. Morreu de

mão dada com a sobrinha. Dizem que foi essa contiguidade que fez passar a maldição da solidão de Hortênsia para Temporina. Esse o motivo por que a moça se solteirara até ao presente.

Reabri os olhos. Toda aquela lembrança me assaltava, agora, como se não tivesse passado tempo algum. Ali estava eu, pisando memórias, arriscando despertar fantasmas. Porém, eu tinha a missão de acompanhar Massimo Risi. Só isso me autorizava a intrometer-me no lugar de Tia Hortênsia. E algo eu dissera que tinha encorajado o funcionário italiano a entrar comigo.

O italiano começou logo remexendo nas coisas. Queria encontrar vestígio da presença dos soldados. Não havia quase nada. Tudo estava arrumado como se Hortênsia ainda estivesse morando. O italiano, fosse por respeito ou receio, apenas roçava a superfície das coisas.

— *Me ajuda* — pediu-me.

A tarde, contudo, já declinava, restava só a luz mais rasteirinha. Avancei por um corredor e logo me saltou um susto, de congelar a alma. De um quarto, como um fantasma, irrompeu um moço magro. Era o irmão tonto de Temporina. Ela se ergueu e ajeitou a camisa do irmão. Assim, em silêncio, lhe prestava saudação. O moço fez um gesto vago, uma mão sobre a cabeça, outra indicando o italiano.

— *Ele queria um boné, desses azulinhos vossos. Queria ser soldado, dos vossos...*

O italiano sorriu, sem mais palavra. Sombra, o jovem se voltou a internar no escuro. Ficámos calados, como se nos tivesse sido comunicado um falecimento. Na vila, todos sabíamos — era Hortênsia quem continuava cuidando do sobrinho. Todas as manhãs sobre a mesa ressurgia o prato, com refeição destinada. O moço se sentava, solitário e mudo. Comia lento, olhos postos em qualquer desvão. No final do repasto, ele pronunciava as mesmas palavras: *Obrigado, tia.*

Falámos ao estrangeiro sobre tal serviço. Ele sorriu, estranhamente. Temporina desfez o silêncio e pediu ao italiano:

— *Sente-se aí, nessa poltrona. Amanhã, você continua a procurar.*

Massimo obedeceu. Daquele lugar, ele podia escutar os lentos barulhos da vila. Em certos recantos, fogueiras irrequietavam luzes sobre as casas. Mais além, o gerador iluminava a administração e a residência de Estêvão Jonas.

— *Esta vila foi engolida pelo mato.*

Olhei em volta e concordei com a moça. A cidade foi sendo tão abandonada que até as coisas foram perdendo seus nomes. Além, por exemplo: aquilo se chamava casa. Agora, com raízes preenchendo as paredes em ruínas, mais lhe competia o nome de árvore.

— *Entende agora por que viemos aqui? Para você ver que em Tizangara não há dois mundos.*

Ele que visse, por si, os vivos e os mortos partilharem da mesma casa. Como Hortênsia e seu sobrinho. E pensasse nisso quando procurasse os seus mortos.

— *Por isso eu lhe pergunto, Massimo: qual vila o senhor está visitando?*

— *Como assim, qual vila?*

— *É porque aqui temos três vilas com seus respectivos nomes — Tizangara-terra, Tizangara-céu, Tizangara-água. Eu conheço as três. E só eu amo todas elas.*

Sorri. Agora, quem carecia de tradução era eu. Nunca escutara Temporina tão acrescida de belezas. Ou ela se enfeitava, especial, para o visitante? Desconfiado, me retirei, pé ante pé, escadas afora. Deixei os dois na varanda e fiquei no pátio, a respeitosa distância. De longe, ainda vi como Temporina se sentava no colo do italiano e como seus corpos se enleavam. De súbito, o rosto dela se colocou em luz e eu me espantei: em flagrante de amor Temporina juvenescia. Toda ela era sem ruga, sem cicatriz do tempo. E recuei meus olhos, recolhi meu enleio. O italiano havia de descer e eu retomaria meus serviços. Agora, por certo, ele não carecia de tradutor.

Na espera, adormeci. No dia seguinte, quando despertei já o italiano se passeava pelo quintal. Temporina falava para ele:

— *Andei olhando você. Desculpa, Massimo, mas você não sabe andar.*

— *Como não sei andar?*

— *Não sabe pisar. Não sabe andar neste chão. Venha aqui: lhe vou ensinar a caminhar.*

Ele riu, acreditando ser brincadeira. Porém, ela, grave, advertiu:

— *Falo sério: saber pisar neste chão é assunto de vida ou morte. Venha, que eu lhe ensino.*

O italiano cedeu. Aproximaram-se e sustiveram-se mãos nas mãos. Parecia que dançavam, o italiano aliviando o seu peso à medida que o seu pé se afeiçoava ao chão. Temporina o ia encorajando: pise como quem ama, pise como se fosse sobre um peito de mulher. E o conduzia, de encosto e gesto. Mais longe o mano parvo escondia o riso, nervoso. Saltitava, cabritroteava. Ele nunca vira a irmã em propósitos de mulher. Mais tarde, soube que eram outros os motivos de seu nervosismo.

Por fim, Temporina se retirou e o italiano se deixou tombar numa sombra. Conheço os brancos: o olhar de Risi revelava o feitiço da paixão. O encantamento já penetrara no estrangeiro. O pobre desconhecia o quanto tanto lhe esperava. Assim, sorriso ingénuo, se aproximou de mim. Fiz graça:

— *Esta noite despenteou-se bem com Temporina?*

O estrangeiro não entendeu logo. Me pediu explicação. Eu apenas me ri.

— *Você imagina que eu toquei nessa mulher?*
— *Não imagino: eu vi!*
— *Pois eu juro que nem com um dedo lhe toquei.*

O italiano insistiu com veemência. Parecia ter necessidade de desvanecer qualquer dúvida em mim. Explicou que, depois de eu me ter retirado, eles conversaram. Apenas isso, conversaram. E que ele adormeceu. Sim, admitia ter sonhado com a velha-moça. Mas nada acontecera.

O chamamento, vindo do portão, nos interrompeu. Era um enviado da administração. Entregou-me um envelope.

— *É uma carta de Sua Excelência* — depois, se aproximou mais para me segredar: — *Ele disse para você ler primeiro. É só traduzir para o estrangeiro um resumo da carta.*

Não procedi segundo aquelas instruções. Esperei que o mensageiro se afastasse e me sentei na sombra. Li alto para Massimo Risi o inteiro conteúdo da carta.

PRIMEIRO ESCRITO DO ADMINISTRADOR

*Não sou mau lembrador.
Minha única dificuldade é ter que escrever
por escrito.*
Confissão do administrador

Sua Excelência
O Chefe Provincial

Escrevo, Excelência, quase por via oral. As coisas que vou narrar, passadas aqui na localidade, são de mais admirosas que nem cabem num relatório. Faz conta este relatório é uma carta muito familiar. Desculpe o abuso da confidência.
   Começou-se tudo na madrugada antepassada. Minha esposa, Dona Ermelinda, veio à janela e perguntou que barulho era aquele. Abri os custosos olhos e vi os ombros dela a tremerem, num arrepio. Ela se encaracolou na capulana, parecia havia um invisível frio. Quase eu ronquei, que aquilo nem barulho nem era. No costume, Ermelinda me impacienta: é que minha esposa, Excelência, dorme com os ouvidos de fora, quizumbando, sempre à espreita. Sofre de medos, dentro e fora do sono. Daquela vez, ela insistia, maniosa:
   — Não ouve, Jonas? Parece um barco a apitar...
   Eu me desembrulhei nos lençóis e maldiçoei a minha vida. A mim me parecia era ter escutado trovoadas ce-

lestes. Ermelinda afastou os pesados cortinados, herança dos coloniais. Espreitámos os dois. Lá fora, o dia era ainda matinal, cinzento preguiçoso.

Desculpe, a franqueza não é fraqueza: o marxismo seja louvado, mas há muita coisa escondida nestes silêncios africanos. Por baixo da base material do mundo devem de existir forças artesanais que não estão à mão de serem pensadas. Peço desculpa se estou enganado, faço-lhe uma autocrítica.

Volto aos acontecimentos. Olhando na janela notei, então, o mais estranho: não havia vento nem nuvem. A terra estava calma, na ordem tranquila. Mais longe, no entanto, o rio esperneava, semelhando os infernos. Como podia ser: calmo aqui, agitado lá? Que forças maldispunham o mundo num só lado? De onde provinham aqueles trovões? Ermelinda, inquieta, me perguntava:

— E os batuques?

— Que batuques, camarada esposa?

Repare, Excelência, o devido respeito quando falo com a mulher moçambicana. Nós, dirigentes, temos que dar o exemplo e começar na célula familiar. Ermelinda estava apressada dos nervos e continuava me interrogando:

— Não ouviu o povo batucando? Qual cerimónia seria essa?

Na realidade dos factos, os ngomas tinham barulhado toda a noite, num pãodemónio.

— Por que você deixou esta gente vir até aqui, tão pertíssimo?

Eu, Estêvão Jonas, praguejei: ela que não se metesse. Aquela gente, ela bem sabia, eram antigos deslocados da guerra. O conflito terminou, mas eles não regressaram ao campo. Ermelinda conhece as orientações atuais e *passadas. Se fosse era antigamente, tinham sido mandados para longe. Era o que acontecia se havia as visitas de categoria, estruturas e estrangeiros. Tínhamos orientações superiores: não podíamos mostrar a Nação a mendigar, o País com as costelas todas de fora. Na véspera de cada visita, nós todos, administradores, recebíamos a urgência: era preciso esconder os habitantes, varrer toda aquela pobreza.*

Porém, com os donativos da comunidade internacional, as coisas tinham mudado. Agora, a situação era muito contrária. Era preciso mostrar a população com a sua fome, com suas doenças contaminosas. Lembro bem as suas palavras, Excelência: a nossa miséria está render bem. Para viver num país de pedintes, é preciso arregaçar as feridas, colocar à mostra os ossos salientes dos meninos. Foram essas palavras do seu discurso, até apontei no meu caderno manual. Essa é atual palavra de ordem: juntar os destroços, facilitar a visão do desastre. Estrangeiro de fora ou da capital deve poder apreciar toda aquela coitadeza sem despender grandes suores. É por isso os refugiados vivem há meses acampados nas redondezas da administração, dando ares de sua desgraça.

— Não ouve, agora? Lá, é um navio a chorar...

Minha mulher, Excelência, é teimosa de mais! Já há mais de um século que os navios não sobem a Tizangara. Este rio já ficou sem visita. Como ela podia escutar um navio? Por isso, decidi tomar controlo da situação. Gritei pelo milícia. Este se apresentou, continencioso. Estava tão cheio com sono que, no princípio, falou em chimuanzi. Bem eu tinha recebido a recomendação de Sua Excelência: aprender a língua local facilita o entendimento com as populações. Mas eu desconsigo, nem tempo tenho para as prioridades. O milícia ali estava, igual uma es-

tátua, mãos ao lado do corpo. Despachei sentença: os barulhos que terminassem, logo-logo.

— Mas qual barulhos, Excelência?

— Esses dos tambores, nem ouves?

— Mas, Senhor Diministrador, não conhece as cerimónias? São nossas missas, aqui no Norte.

— Não quero saber — *respondi.*

Eu era autoridade, não podia ficar ali destrocando conversa. Nem valia a pena prosseguir diálogo: ele era um local, igual aos outros, maltrapilhoso. Por isso aquele barulho era música para ele.

O milícia saiu, tornozelos à frente dos pés. Ermelinda suspirou fundo. De há uns tempos, ela se queixa de mim. Diz eu só ando resmunhado, parece que carrego a tampa do próprio caixão. É que eu, segundo suas palavras, me faço maior que meu tamanho. Conforme suas queixas, ela me encara como boi olhando o sapo inchado: por muito que sejam os acréscimos se notam as costelas. No que respondo: tu não sabes, mulher, tu não sabes nada. Ermelinda nem me escuta, sempre insiste:

— Você devia ser como esses passaritos que vivem nas costas do hipopótamo: ser precisado pelos grandes, mas não ser visto por ninguém.

Eu me irrito com as bazófias dela. Se é tão esperta por que razão não é ela a administradora? Ou administratriz? Sempre eu lhe faço lembrar meu heroísmo na luta armada. Em pleno mato, sem nada para comer, tudo em sacrifício pela libertação do povo. Certa vez, até comi Colgate.

— Pois devia ter comido mais pasta de dente! É que ainda tem muito mau hálito.

Veja os modos dela responder, taco no taco. Daquela vez, porém, a minha esposa não me emendou. Sua voz até ganhou um doce sumo:

— Marido, veja seu coração.
— E o que tem?
— Está crescendo mais que o peito, Jonas.

Avançando a mão em concha, ela me tocou. E sabe onde me tocou, Excelência? No seio, me carinhou um seio. E me perguntou:

— Não vê, marido? Olha como você se apalpita, isso ainda lhe faz mal. O sangue quando ferve, Jonas, deve ser pelos outros motivos. Ou não é, marido?

Eu amansei, cheio de respiração. O meu seio, Excelência, é o ponto por onde me desatam o bicho, como esse botãozinho que acende a voz do rádio. Sorri. Deveria dar a possibilidade ao corpo, encher-me na rebuçadura dela. Contudo, fiquei pensageiro, oco, distante. Ermelinda ainda demorou um aguardo. Mas depois se enfureceu, desatada.

— Você está pensar na outra!
— Juro, não estou — *respondi com decisão.*

Me cheguei a ela para desfazer aquela desconfiança. Primeiro, Ermelinda resistiu. Depois, se adoçou, me dando a paga de um quentinho. E a mão dela se aranhou meu peito abaixo, rimos ambos e caímos na cama. Desculpe, Excelência, me estou a afastar da política que é o assunto que muito nos tem ligado. Vou interromper este relatório, motivo de me estar a subir a temperatura do sangue. Só de lembrar me fervem os líquidos. Ainda não lhe confessei, com certeza o senhor me vai fazer pouco. Todavia, eu sofro de uma estranheza. É que quando toco em mulher minhas mãos aquecem até ficarem como carvão aceso. Houve vezes até que pegaram fogo e eu fui obrigado a parar o ato. Viu uma coisa destas? Deve ser um feitiço que Ermelinda me encomendou. Quem sabe um dia, de tão quente, também eu expludo no meio da noite?

7

UNS PÓS NA BEBIDA
(FALA DE DEUSQUEIRA)

— Tenho saudades de minha casa, lá na Itália.
— Também eu gostava de ter um lugarzinho meu, onde pudesse chegar e me aconchegar.
— Não tem, Ana?
— Não tenho? Não temos, todas nós, as mulheres.
— Como não?
— Vocês, homens, vêm para casa. Nós somos a casa.
Extrato de um diálogo entre o italiano e Deusqueira

Massimo Risi chegou à sede da administração transpirando. Antes de entrar se cheirou e franziu-se: guardava o perfume dela, de Temporina. Perguntou-me se aquilo era notável e eu descansei-o, apressando-o a que entrasse no gabinete. Sentia o mau gosto da bebida que Temporina lhe oferecera. Engoliu em seco várias vezes. Vinha atrasado, mas o ministro nem fez menção sobre o respeito do tempo. Apontou para o gravador, realizado:

— *Já falei com Ana Deusqueira. Gravei tudo, conforme se combinou.*

Olhei em volta e me admirei: o ministro estava só. Nem administrador nem Chupanga figuravam na sala. Sentámos enquanto o governante pressionou o botão do gravador e a voz da prostituta se espalhou pelo quarto. O italiano não escondeu um arrepio. A voz de Deusqueira era carnal, incendiadora como bebida de afugentar razão. Os dois homens fitavam além parede, olhar entorpecido. Ficaram assim, emparvecidos, longos minutos. Massimo enterrou a cabeça entre as mãos e pediu que o ministro recomeçasse a gravação do princípio. De novo, as palavras de Deusqueira encheram o lugar:

* * *

Começo assim, explico esse meu serviço. Para dizer uma coisa, o seguinte: o senhor, num próximo tempo, vai deixar de ser ministro. Transitará para ex-ministro. Mas eu não transitarei nunca. Uma puta nunca é "ex". Há ex-enfermeira, há ex-ministro... só não existe ex-prostituta. A putice é condenação eterna, uma mancha que não se lava nunca mais.

Deixe-me explicar, não me interrompa. O senhor é ministro, eu sou uma simples mulher de virar lençol. O senhor há-de ouvir por aí mais mexe-língua que barulho de folha pisada. Faz tempos que virei má-afamada. Mas tudo isso nem passa de conversa afilhada. Espalham aí que dou donativo de corpo, faço de graça com os que não podem pagar. Dizem dou cambalhota de encomenda, só assim, pela alma dos defuntos. Vale a pena responder a essas mentiras? É inútil como limpar a ferrugem do prego. Eu é que sei a minha vida. Quem conhece a sujidade do muro é o caracol que trepa na parede. Mais ninguém.

Sabe o que eu penso, agora? Ando a desbotar coxa com ingratos, é como arranhar pedra com as unhas. Este mundo tem mais dentes que bocas. É mais fácil morder que beijar, acredite, doutor. Aproveito dizer isto, que eu nunca falei com um ministro central, está entender?

O ministro desligou o aparelho. Olhou o italiano, que parecia ausente. O estrangeiro só quebrou a sua imobilidade para se cheirar a si próprio.

— *Quer que passe um pouco à frente?*

— *Não, deixe andar* — respondeu Massimo.

— *É que há aqui umas passagens...*

— Deixe a cassete rodar.
— Não acho que vai adiantar.
— O senhor sabe o que está em causa neste assunto?
— Mas isto nunca vai se esclarecer, vocês não entendem...
— O senhor ministro sabe bem que isto tem que se esclarecer.

O ministro parecia resignar-se, quando bateram à porta. Era o adjunto, Chupanga. O ministro negou-lhe permissão de entrar. Não queria que mais ninguém partilhasse daquelas confissões. De novo ligou o aparelho. A voz de Ana Deusqueira voltou a governar a ampla sala.

Senta aqui, Excelência. Senta que é colchão limpo, lençol lavadinho. Isso, isso mesmo. Onde estava nem lhe via como deve ser. O senhor tem olhos de jejum. Me desculpe, o que eu mais vejo é pelos olhos. Vida miudinha, grandezas e infinitos: tudo está escrito no olhar. Quer apoiar nesta almofada? Não quer? Está certo, o senhor fica na comodidade do seu desejo.

Pronto. Agora, vou ao assunto. Quer saber toda a verdade do acontecido? Os soldados estrangeiros explodem, sim senhor. Não é que pisam em mina, não. Somos nós, mulheres, os engenhos explosivos. Não faça essa cara. Nós temos poderes, o senhor sabe. Ou já esqueceu as forças da terra? Pergunta por aí, todos sabem. O povo não fala, mas estão sempre nascendo falagens. O capim, não parece, mas dá flor. Só não vê quem está longe. Nós só fingimos ficar calados. O senhor sabe, não é? Pode pôr o braço aqui, na minha perna superior, não há problema. Vamos, não fica aí, entremetido, envergonhado, parece o halakavuma.

O que acontece eu lhe vou dizer, lhe conto agora o

sucedido nessa noite. Mas me deixe desabotoar uns tantos botões, veja como o senhor está transpirar...

O dedo zeloso do ministro voltou a desligar o aparelho. Respirou fundo antes de beber de um trago um copo de água.

— *Beba, está fervida.*

O italiano serviu-se por duas vezes. Parecia confiar naquela água, com título na garrafa, provas e garantias. Necessitava lavar-se, por dentro. E já lhe nasciam suspeitas sobre a bebida que Temporina o tinha feito beber na véspera.

— *Está ver como são as pessoas daqui? Falam muito para dizerem pouco. Essa gaja ainda não disse nada.*

— *Mas eu preciso informação concreta. Pessoas não desaparecem.*

— *Explodiram. Você não acredita, mas foi mesmo assim* — insistiu o ministro, tentando abrir uma janela empenada.

— *Mas, assim, como? Explodido sem explosivo?*

— *Foi o que a prostituta me contou.*

— *Ligue lá o gravador. Quero ouvir até ao fim.*

— *Não. É melhor eu resumir. É que já estamos a gastar muitas pilhas.*

— *Vou mandar vir mais pilhas.*

Contrafeito, o ministro repôs o depoimento de Ana Deusqueira. E, de novo, a voz quente se espalhou, chuva tombando em nossa alma.

O soldado zambiano chegou, exibindo a farda. Entrou no bar, arrotando presença. Batia os calcanhares, mandando vir as bebidas. Não gostamos, sabe, esses ares de dono. Só fingimos simpatias, mais nada. Nessa bebida, eu vi, alguém juntou uns pós tratados, feitiços desses, nossos. Não sei quem, nem sei o quê. Obra dos homens, ciumeiras deles que não querem ver mexidas as mulheres da terra. E eu, Excelência, eu até me sinto orgulhada nesses ciúmes deles. É que nunca eu fui de ninguém. Nunca. Haver homens que me disputam me faz sentir pertencida, faz conta que sou mulher de um só, exclusivo. Porém, foi assim. Isto que lhe conto não tem ouvido nem boca. Eu vi os pós, caindo como areia na cerveja do desgraçado. Vi tudo por inteiro. Quando esse zambiano me pegou na mão eu já sabia o destino dele. Lhe acompanhei sem pena...

A gravação foi de novo interrompida. O italiano, agastado, perguntou:

— *Termina assim? Isto parece que foi cortado.*

— *Cortado? Quem?*

— *Sim, parece que a mulher ainda estava a falar.*

— *Ah, mas isso ela estava só a falar... estava a falar a língua daqui.*

— *E o que dizia?*

— *É que não entendo bem-bem esse dialeto desta gente.*

Arrumou uns papéis na sua mala e explicou-se: ele tinha sérios afazeres na capital. Não podia prolongar sua estada por um lugar tão desvalido. Naquela mesma tarde ele regressaria. Deixara instruções claras à administração local.

— *O senhor fique e fale à vontade com quem entender. Já dei ordem para ter acesso a todo o lado.*

O ministro me pediu, então, que fosse à secretaria e chamasse o adjunto Chupanga. Meti-me pelos corredores entendendo ter sido afastado por conveniência de conversas entre Risi e o governante. A tarde já ia tardia, os funcionários já haviam despegado. Só restava o fiel Chupanga. Quando o chamei ele muito se espantou. A inveja lhe roía perante eu ter sido aceite na intimidade da conversa dos chefes? Pela primeira vez, ante mim compareceu um homem submisso, desajeitoso. E logo ele, predispronto:

— *Já sei, deve ser por causa da fotografia de Sua Excelência.*

E se encaminhou para o gabinete onde era chamado, com uma enorme moldura na mão. Logo à entrada, o ministro inquiriu:

— *Ainda não penduraste a moldura?*

Chupanga apresentou prontas desculpas. Aquilo era um retrato presidencial, havia que limpar bem as paredes antes de fixar a moldura oficial.

— *Cumprimenta o senhor Risi, ele vai trabalhar consigo neste assunto.*

O adjunto Chupanga se atrapalhou no gesto de escolher a mão a ser apertada. Nesse intervalo, o retrato se desamparou e o vidro se estilhaçou. O homem se arrepiou, aterrorizado ante o olhar grave do ministro:

— *Meu Deus!*

E recuou como se temesse que os vidros lhe saltassem. E agora? E agora, lhe perguntava o ministro. Vidros ali, na vila, não haveria. Como cobrir a fotografia, proteger Excelência dos raios solares e não solares? Chupanga não encadeava palavra. De repente, saiu correndo e logo voltou com um vidro na mão:

— *Veja, Excelência, arranjei outro vidro, tirei do outro retrato, do anterior...*

Não terminou a frase. Uma enorme explosão deflagrou: o mundo parecia desconjuntar-se. Janelas esvoaçaram inteiras e o italiano foi projetado de encontro à parede. Também eu fui arremassado no meio do chão. Passado o susto, vi Chupanga, arrependente, com um naco de vidro na mão enquanto o administrador saía, esbafurado, porta afora. Corremos atrás dele. Lá fora, a gente parecia ter desavençado com a ordem. Grassava a completa confusão. O ministro ordenou que voltássemos a entrar. Não merecia a pena correr os riscos. Ele mandaria uns informadores saber do que se tinha passado. Entretanto, deveríamos regressar à pensão onde aguardaríamos novas orientações.

Na pensão nos informaram: não longe dali, tinha ocorrido mais um desses estranhos rebentamentos. A escassa distância um outro soldado das Nações Unidas havia desaparecido, desfeito em mistério.

— *Desta vez, dizem, foi um paquistanês.*

Só mais tarde saberíamos o que se tinha passado, através de um relatório do administrador local. O ministro lhe exigira a imediata redação. Na manhã seguinte, me convocaram e me entregaram o envelope. Para que fizesse chegar ao italiano por vias informais. Porque os papéis não tinham carimbo oficial. Constituíam uma carta, de letra e coração abertos. E logo se decifrava o rebentamento: a nova vítima era um paquistanês, responsável pela guarda da residência oficial do administrador Estêvão Jonas. Desta feita, a explosão dera-se em plenas entranhas do Poder.

Chegado ao quarto, na solidão de tudo, comecei a ler as dactilografias de Estêvão Jonas. O que me deu estranheza foi o tom de carta, de feitio humano. Li foi nas extralinhas.

8

A VENTOINHA FÁLICA

O macaco ficou maluco de espreitar por trás do espelho.
Provérbio

Sua Excelência
O Ministro Responsável

   Escrevo de arrompante: o que eu vi me fez cegar; o que não vi é que me clareou. Quando ouvi aquele clarão, esburacando o poente, então desconfiei: seria aquilo um chamarisco? Só para eu colocar os pés no caminho do perigo? O inimigo está em toda a parte, mesmo em plena nossa roupa interior. Eis o âmbito deste meu relatório sobre o mais recente sucedimento. Que foi um verdadeiro contratemporal.
   Lembra-se, Excelência, que eu pedi dispensa ontem à tarde? Eu estava arrumando umas papeladas lá em minha casa, uns documentos para a Excelência levar consigo para a capital. Por acaso, nessa mesma hora uma certa senhora — que não posso mencionar — me preparava um uísque de rótulo preto. É que eu, Excelência, não me abasteço de qualquer mulher, nem de qualquer bebida. Sou um homem culto, trato o uísque por tu aqui, tu acolá.
   Pois, eu, Excelência, já começava as intimidades com a tal anónima. Não entro em detalhes, mas confio-lhe

este meu pavor das minhas mãos incendiarem. Sucede com Ermelinda: mal namoro meus dedos desatam-se a aquecer. Com esta outra, porém, com a tal inominada mulher— esse mau-olhado parece não ter cabimento. Então eu, naquele fim de tarde, eu me esfregava com ela, sem afastar o medo das ardências. À cautela, ia esfriando os dedos no gelo do uísque. Já eu me deitava sobre ela, quando o clarão recintilou, parecia o cosmos se rasgava em dois. Com o susto me apalpei, no imediato segundo, a constatar minha aflição— explodi, eu? E olhei os céus, implorando a clemência dos donos da vida.

Foi quando vi voar em minha direção um órgão de macho, mais veloz que fulminância de relampejo. Me berlindaram os olhos. Ainda hoje gaguejo: fica-me a língua à procura da goela quando tento descrever o sucedido. A tal senhora, felizmente, desandou. Ainda pensei que tivesse dissolvido no âmbito da explosão. Mas não, pela fresta da janela ainda a vi correndo, ruas afora.

O senhor pode-me acusar. Tenho as costas largas como a tartaruga. Mas passou-se igual ao que eu exponho. Pois o tal sexo voador, depois de rasar a minha pessoa, se foi pespregar na pá da ventoinha. E ficou rodopiando lá no teto, como equilibrista nas alturas do circo.

Decidi aumentar velocidade na rotação da ventoinha. Pudesse ser que a coisa se despegasse, em fraqueza centrífuga. Acertei o botão nos máximos. Mas qual nada: o pendurico não despegava, suspenso na ilusão de estar vivo. Jogava à cobra-cega?

Lhe explico o âmbito da sucedência: eu tinha mandado preparar uns tantos cabritos para Sua Excelência levar para a capital. Parece que agora já não deixam embarcar cabrito no avião. Todavia, para os dirigentes sempre se abre uma exceção, não é verdade? A vida não é só sacrifícios. Pois naquela tarde havia uns tantos ajudantes que matavam uns outros tantos cabritos, lá no pátio das traseiras. Quando se deu a explosão aquilo foi um ver se te enfias. Instalou-se a maior da confusão, os cabritos a saltinhar pela estrada, as gentes a descarrilarem por todo lado. Depois de um tempo, aquele mesmo povo se acumulou junto ao galinheiro. Lá em cima das tábuas estavam as botas do desditoso. E mais nenhum sinal: nem sangue, nem vísceras, nem cheiro sequer. A pergunta andava no ar sem chegar a ser proferida: e o trombiricalho do paquistanês onde teria ido parar?

Quando chegou a minha esposa eu tive que mentir. Não podia revelar com quem estava na altura do acontecimento. Me incriminando, todavia: os copos de uísque. Dona Ermelinda, minha esposa, foi de imediato ao assunto:

— Estes copos são dois.

— Sim, eu estava bebendo com major Ahmed.

— Quem é Ahmed?

— Era. Era esse que esvoaçou. Chefe da segurança.

— E esse chefe da segurança, esse major, usava bâton?

Engoli um sei lá. Quem sabe os costumes desses asiáticos? Não há por aí uns que andam de saia? Sabe-se lá o que usam por dentro da roupa. E apontei para o teto. Era melhor que ela visse o órgão do militar para desvanecer suspeitas. Só depois senti embaraço de confessar que o instrumento de macho estava espetado, digamos que de cabeça para baixo, no teto de minha casa. Enganava Ermelinda. Mas, os outros, que iriam pensar? Que eu estava envolvido nas famigeradas rebentações? Ou pior, que andava por aí a tomatear-me com homens, ainda por cima acastanhados?

Ermelinda, primeiro, parecia confusa. Depois insistiu

na dúvida, rodopiando os dedos em volta das marcas no mal-afamado copo.

— Com que então o major, hein?
— Que quer, esposa? São questões culturais.
— E apanhar no cu também é uma questão cultural?

Não podia admitir aquela linguagem. Mas no momento até ganhava vantagem naquela confusão. Foi quando entraram os outros capacetes azuis, junto com os nossos militares. Mexeram e remexeram: procuravam o quê? Exatamente, o apêndice do paquistanês. Minha esposa, com riso sardónico, exclamou:

— Ah, é isso que procuram? Pois perguntem aqui ao administrador.

Eu apontei para o teto, já desfalecido nas pernas. Foi então que uma tontura me ensombrou e eu me desvaneci no meio do chão. Trouxeram-me, todo dependurado, sem consciência nem consistência. Fiquei desmaiado um tempo. Quando acordei me apalpei, da cabeça aos pés. Queria garantir-me inteiro e intacto. Depois, sorri, aliviado: mais uma vez eu chegava a acreditar-me no reino dos explodidos, alma em farelo, corpo em poeira.

E é desse mesmo leito em que me depositaram que escrevo estas linhas tortas. Lhe peço, paciência para estas confissões.

Pois: a situação não é bem-bem aquela que escrevi no relatório que lhe foi entregue pelo ex-camarada ministro. É muito mais grave. É este caso dos explodidos. Até já pensei ser feitiço encomendado por causa de meu enteado Jonassane. O senhor sabe: ele anda metido em maltas duvidosas que roubam e até inclinam para negócios de droga. Eu estou preocupado e, inclusive, lhe entreguei a ambulância que um projeto mandou para apoiar a saúde. Eu desviei a viatura para o moço fazer uns negócios de transporte. Entretinha-se e sempre rendia. Mas depois, complicaram-me com essas manias de corrupção-não corrupção e acabei devolvendo a ambulância. Estou agora a pedir a uns sul-africanos que querem instalar-se aqui para me darem uma nova viatura. Eles entregam, eu facilito. É incorreto? Ermelinda nega, peremptória: quem não chora não come. Afinal, como se passa? A gente tem que chamar a moral para a nossa vida quando ela, a moral, não quer saber de nós para nada? Bom, isto são pensamentos de trazer por casa, minhas privatizadas temáticas. Aguardo deferimento das suas desculpas.

Agora, no distrito, só se ouvem estórias, contadeirices. O povo fala sem nenhuma licença, zunzunando sobre as explosões. E dizem que a terra está para arder, por causa e culpa dos governantes que não respeitam as tradições, não cerimoniam os antepassados. Eles falam assim, citado e recitado. Que posso fazer? São pretos, sim, como eu. Contudo, não são da minha raça. Desculpe, Excelência, pode ser eu seja um racista étnico. Aceito. Mas esta gente não me comparece. Às vezes, até me pesam por vergonha que tenho neles. Trabalhar com as massas populares é difícil. Já nem sei como intitular-lhes: massas, povo, populações, comunidades locais. Uma grande maçada, essas maltas pobres, se não fossem elas até a nossa tarefa estaria facilitada.

Minha esposa, a ex-camarada Ermelinda, também não me ajuda. Ela adora os poderes e as riquezas, mas recebe as más influências. Às vezes, ela frequenta as missas pouco católicas desse padre Muhando. Mesmo desconfio que ela visita-se lá no feiticeiro, o tal Zeca Andorinho. E depois, em consequência, Ermelinda se irrita comigo a ponto de discutirmos nas vistas do público. Até chamou-me belzeburro. Veja. E disse que, afinal, o padre

Muhando tinha razão: o inferno já não aguenta tantos demónios. Estamos a receber os excedentes aqui na Terra. Um género de deslocados do Inferno, está entender? E nós, os antigos revolucionários, fazemos parte desses excedentes. Aquilo são palavras do Muhando, tenho a certeza. Fomos socialistas aldrabões, somos capitalistas aldrabados. E que se antes tinha dúvidas, agora tenho dívidas. São palavras dela, a supracitada Ermelinda que sempre aproveita qualquer assunto para aumentar língua.

O senhor bem sabe: o serviço de chefe não dá nenhum ordenado apalpável. Felizmente, mudaram as coisas, estamos a abrir os olhos, vingarmos das magrezas. Já eu tenho as minhas propriedades, meus negócios estão espreitando por aí. Já encetei com esses sul-africanos que apareceram aqui, entreguei uns terrenos, tudo tu-cá-dá-lá. Mas isso não é para ser comentado, a gente exibe riqueza e logo desponta a inveja.

Estou a escrever essas coisas, Camarada Excelência, é porque estamos comprometidos politicamente. Como se diz: casas juntas, ardem juntas. A minha dúvida, Excelentíssimo Camarada, é a seguinte: não será que o padre Muhando tem razão? Não será que deveríamos cuidar melhor da vida das massas? Porque a verdade é que o caracol nunca deita fora a sua concha. O povo é a concha que nos abriga. Mas pode, repentemente, tornar-se no fogo que nos vai queimar. Até me dá arrepio pensar nisso, eu que já senti as mãos queimarem-se. Esta luta, Excelência, é da vida e da morte e vice-versamente.

Despeço-me enviando as sinceras saudações revolucionárias. Ou, retificando: os excelenciosos cumprimentos.

*Estêvão Jonas
Administrador distrital*

9

O DESMAIO

O cão lambe as feridas?
Ou é já a morte, por via da chaga,
que beija o cachorro na boca?
                      Dito de Tizangara

— *Não olhe agora* — pedi.
— *O que é?* — se assustou Massimo.
Era pouco, apenas o tal homem que aparecera dias antes, o dono do malogrado cabrito. Não escapámos a tempo. O indivíduo se interpôs, pedinchorão:
— *Então, patrões?*
Desta vez, apontei o italiano. Que era quem devia escutar a lamúria. Avisado eu estava: dá-se a esmola, mesmo a maior, e o mendigo se afastará sempre de mãos vazias. Mas este homem não se rubricava como pedinte. Reclamava sim a compensação de uma perda: que aquilo não era um qualquer cabrito, aquilo era um bicho de companhia, que só se afastava para cobrir umas tantas cabras. No resto, não fazia diferença de um cachorro, até ladrava contra os gatos. E abanar o rabo isso ele fazia com mais requinte que a própria Ana Deusqueira.
— *O melhor é mesmo dar-lhe qualquer coisa* — sugeri a Massimo.
Afinal, o pobre fulano tinha a desgraça à perna. Era um pastor às ordens de Estêvão Jonas. Contudo, há meses que não recebia pagamento. Eu não queria ouvir

o desfile de lamentos. Se Massimo não desse, eu mesmo esmolava o pobre. Mas o delegado da ONU remexeu os bolsos e tirou uma nota de dólar. Estendeu-a ao reclamante. Este examinou a nota com apuro e sacudiu a cabeça: que aquele dinheiro estava estragado. Lhe perdoasse Deus por amaldiçoar o santo papel, mas ele preferia as nacionais notas mesmo todas engorduradas. Aliás, ele, com o trauma de ver falecer a seus pés o seu estimado cabritão, até começara a sentir comichões no corpo todo. Carecia, portanto, de cuidados médicos, quem sabe pela vida inteira. E isso era maleita para mais que uma simples nota.

O italiano, farto, virou costas e se encaminhou para a administração. O lesado cabriteiro deixou-se ficar, contemplando o dólar à transparência. Eu corri para acompanhar Massimo, que já espreitava pela janela do velho edifício. Confirmava-se: o rádio transmissor ficara bem instalado na sede da administração, numa sala a que só ele tinha acesso. Eu o ajudara a instalar os aparelhos, montar a antena. Testáramos os aparelhos, tudo funcionava. O italiano, no entanto, não estava tranquilo. E tinha razão: no dia seguinte, o rádio transmissor já ali não estaria, sumido em estranha circunstância.

Agora, de boina azul na mão, Massimo se consumia em consumada preocupação: mais um soldado resumido a um sexo! Que podia ele escrever no relatório? Que os seus homens explodiam como bolas de sabão? Na capital, a sede da missão da ONU esperava notícias concretas, explicações plausíveis. E o que tinha ele esclarecido? Uma meia dúzia de estórias delirantes, no seu parecer. Sentiu-se só, com toda África lhe pesando.

— *Porca madonna!* — comentou, suspirando.

O suspiro não lhe dava alívio. Porque ao desalento

se somava um receio: e se ele, realmente, tivesse feito amor com Temporina? As memórias eram tão presentes e cheirosas, que ele já dava o dito pelo feito.

— *E qual o medo, então?* — perguntei.

— *Você não entende? Se eu fiz, eu fiz todo desprotegido!*

— *Qual o medo maior: ter contraído doença ou ter apanhado a maldição dos explodidos?*

Quis fazer brincadeira, aligeirar o momento. Mas Risi não riu. O que eu pensava ser brincadeira surgiu como motivo de mais encargo. Não tinha ele arriscado? Quem sabe, um dia destes, ele se deflagraria como um qualquer capacete ex-azul?

— *Não pensei nisso.*

— *Afinal, você acredita no feitiço?*

— *Sei lá em que é que acredito.*

— *O feitiço deve ser exclusivo para militares, fique descansado, Massimo Risi.*

Para afastar as más nuvens, sugeri que ruássemos por ali, desmapeados e sem destino. O ministro já se havia retirado deixando instruções para o prosseguimento dos trabalhos. Massimo Risi era agora dono da investigação, único representante do mundo na nossa pequena vila.

Passeávamos sem destino cruzando as populosas esquinas, onde se acumulavam os vendedeiros. Do meio da gente, deu corpo o recepcionista da pensão. Parecia constrangido. Vinha a mando de Temporina: procurava o mano tonto dela.

— *Não o vimos* — adiantou Massimo.

O hoteleiro chamou-me à parte. Murmurou, cauteloso:

— *Esse branco não me pode ouvir.*

— *E é o quê?*

— *É que o moço saiu de casa dizendo que vinha matar.*
— *Vinha matar quem?*
— *O italiano.*

Matar Massimo? Razões de quê? Ciúmes, quem sabe. Medo que o europeu levasse sua irmã dali para longe. O certo é que o moço circulava desvairado pelas ruelas de Tizangara e mesmo já se metera pelos matos baldios. Temporina se preocupava: o moço não tinha experiência de andar nos caminhos deste mundo.

Sosseguei o recepcionista. Se eu visse o rapaz, o acompanharia a casa de Hortênsia, seu lugar materno.

— *Meu lugar também* — acrescentou com timidez o encarregado da recepção. — *Sou irmão afastado de Hortênsia.*

— *Você é tio de Temporina?*
— *Fica segredo.*

Se falavam fingimentos. Em Tizangara quem não era irmão afastado? Mas eu aceitei. O homem me explicava como Temporina se afeiçoara à pensão. Ela estava em família. Ninguém era prisioneiro senão de seu próprio destino.

Alheio a tudo isto, Massimo Risi sacudiu o casaco de invisíveis poeiras. No instante, lhe caíram os botões. Caíram como? Certamente já estariam meio soltos. Riu-se lembrando as letras que haviam tombado da fachada da pensão. Se ajoelhou para apanhar os botões. Quando os tentava recuperar, porém, viu os dedos se empenarem, empedrecidos. Quanto mais esforço, mais desconseguia. Resolveu levantar rumo dali. Eu não entendia o que se passava dentro dele, o homem não articulava nem palavra. Primeiro, ainda pensou ser resultado da bebida. Que raio de bebidas lhe andavam a dar? Mas depois, já aterrado, viu que nem sequer se erguia. Nem desmanchava posição. Olhou para cima foi quando viu a velha-moça da pensão. Era uma visão de desacrer, nem de humana forma se semelhava. Massimo balbuciou:

— *Temporina?*

A mulher lhe acariciou a cabeça. Foi essa visão que, depois, ele me disse que tivera. Mas a moça não agia com doçura. Puxou-lhe a testa e beijou-o como se lhe chupasse a alma pelos lábios. Depois, pegou na mão do italiano e guiou-a pelo seu ventre, como se a ensinasse a reconhecer uma parte que sempre fora de sua pertença.

— *Massimo Risi?*

A voz de Chupanga despertou-o como se viesse de outro mundo.

— *Você está aí caído no chão... Não diga que desmaiou?!*

O adjunto da administração chegara naquele momento e se intrigara ao ver a cena. Ajudámo-lo a levantar-se. O europeu andou uns passos para trás, outros para a frente. Quem sabe a si próprio se procurava. E com razão. Afinal, ele quase se antepassara, não lucrando para o susto. Olhou o céu, mas logo recuou os olhos: a luz ali era demasiado limpa. Chupanga, todo viscoso, se aprontou a conduzi-lo a uma sombra.

— *Sabe, eu queria ter uma conversa consigo, assim um pouco muito privada.*

O italiano ainda estava zuezuado. Ali, no desamparo da lonjura, ele era uma pessoa muito atropelável. Disse que preferia regressar à pensão, mas Chupanga insistiu:

— *Desde que chegou que procuro falar consigo assim... um bocadinho muito à parte.*

Olhou para mim de esquina. Sugeria que eu me afastasse. Mas Massimo rejeitou. Queria que eu ficasse por perto. Para traduzir, ironizou. Chupanga tinha um novelo na garganta, custou-lhe desatar a conversa:

— *É que eu sei muitas coisas. Mas um homem para falar necessita de combustível.*

— *Combustível?*

Chupanga me olhou, desta vez para implorar cumplicidade. Mantive-me impassível como se eu próprio não o entendesse. E voltou à carga, volteando o italiano:

— *Pense bem. Eu sei coisas muito valiosas. Mas necessitamos falar como homens que se entendem, está-me acompanhar?*

— *Vou pensar no assunto* — despachou o estrangeiro.

— *Mas, por favor, não comente com ninguém* — e virando-se para mim acrescentou com desmodos: — *Muito-muito você não fale com esse outro aí...*

— *Quem?*

— *Com seu pai, o velho Sulplício.*

Eu sabia: meu velho existia fora dos agrados governamentais. Mas o povo encontrava-lhe respeito, razão dos antepassados que ele dispunha na eternidade. No dizer de Chupanga, meu pai vivia em nação de bicho, era um tipo levado da broca, todo artimanhoso. Da primeira vez que tentara falar-lhe, o administrador sofrera o peso do ridículo. Ele ali, todo modos e maneiras, licenças para cima, desculpas para baixo. E o outro nada, trancado na testa, lambendo a própria língua. Isto é: não falando português, mas a língua local. O velho Sulplício não tinha respeito por nenhuma presença. Até que lhe deram a lição.

O italiano levantou-se, desejava regressar a pé para a pensão. Mas o burocrata negou. Iriam de carro que era mais seguro. Depois, ninguém respeita quem não chega viaturizado. Chupanga apontou, ostentoso, o carro.

— *É um turbo-diesel bastante acavalado. Todo ele tem ar-condicionado, à frente e atrás.*

Entrámos na viatura. Chupanga ligou o ar-condicionado e abriu uma lata de cerveja. Ofereceu-nos bebida. Só eu aceitei. No caminho, o italiano rompeu o silêncio:

— *Estou preocupado com esta situação.*

— *Eu também* — disse Chupanga. — *Mas já mandei vir uma moldura nova, toda inteira, lá da capital.*

Chegados à pensão, o italiano saiu do carro sem se despedir. Segui-o e notei que o seu modo de caminhar já era mais ligeiro, ele já se mexia como se o corpo fosse dele. Os dois nos sentámos no bar. Falámos, sem outro motivo que não fosse encher o tempo. Eu lhe disse, a certa altura:

— *Sabe, Massimo, tenho pena de si, tão só. Eu nunca poderia ficar tão absolutamente sozinho.*

— *Por quê?*

— *Mesmo se me arrancassem daqui, se me levassem para Itália, eu não passava assim tão mal. Porque eu sei viver no seu mundo.*

— *E eu não sei viver no seu mundo?*

— *Não, não sabe.*

— *Isso não me interessa. Eu só quero é cumprir a minha missão. Você não sabe como isto é importante para mim, para a minha carreira. E para Moçambique.*

Tratou de me elucidar: a minha segurança estava nos outros, a dele estava na sua carreira. Eu lhe senti pena. Porque ele procurava como um cego. Não seguia o cuidado: a verdade tem perna comprida e pisa por caminhos mentirosos. Para agravar, em Tizangara tudo ocorria de passagem. Quem aqui vinha nunca era para ficar. Por isso, quando chegaram, esses soldados das Nações Unidas foram chamados de gafanhotos.

— Outra coisa: o senhor pergunta de mais. A verdade foge de muita pergunta.
— Como posso ter respostas se não pergunto?
— Sabe o que devia fazer? Contar a sua estória. Nós esperamos que vocês, brancos, nos contem vossas estórias.
— Uma estória? Eu não sei nenhuma estória.
— Sabe, tem que saber. Até os mortos sabem. Contam estórias pela boca dos vivos.
— A propósito, eu ando por aí perguntando aos outros. Mas ainda não perguntei a si: você estava aqui quando começaram esses estrondos?
— Estava.
— Então você acompanhou tudo. Me conte. Me conte tudo desde que começaram os rebentamentos. Espere. Espere que eu quero gravar. Não se importa?

10

OS PRIMEIROS REBENTAMENTOS

Os factos só são verdadeiros depois de serem inventados.
Crença de Tizangara

A primeira vez que escutei os rebentamentos acreditei que a guerra regressava em suas tropas e tropéis. Meu pensamento tinha uma só ideia: fugir. Passei pelas últimas casas de Tizangara, minha pequena vila natal. Ainda vi, se silhuetando longe, a minha casa natal, depois, já mais perto, a residência de Dona Hortênsia, a torre da igreja. A vila parecia em despedida do mundo, tristonha como tartaruga atravessando o deserto.

Escapei nos matos onde ninguém nunca se apessoara. Sim, era certo: aquela floresta nunca havia recebido nenhuma humanidade. Fiz um abrigo, de galhos e folhas. Pouca coisa, com discrição de bicho: não seria bom ser visto ali alguém em estado de pessoa. Eu tinha abrigo, não tinha morada. Fiquei nesse recôndito, conselhado pelo medo. Regressaria à vila quando me garantisse que a guerra não tinha regressado. Logo na primeira noite, porém, me amedrontaram os sons dos bichos e mais ainda as sombras do escuro. Estremeci de medo: não saltara eu da boca da quizumba para entrar na garganta do leão?

Sentei-me a esclarecer. Minha alma parecia ter-me saído e flutuava como nuvem por cima de mim. A guerra tinha terminado, fazia quase um ano. Não tínhamos entendido a guerra, não entendíamos agora a paz. Mas tudo parecia correr bem, depois que as armas se tinham calado. Para os mais velhos, porém, tudo estava decidido: os antepassados se sentaram, mortos e vivos, e tinham acordado um tempo de boa paz. Se os chefes, neste novo tempo, respeitassem a harmonia entre terra e espíritos, então cairiam as boas chuvas e os homens colheriam gerais felicidades. Precauteloso, disso eu mantinha minhas dúvidas. Os novos chefes pareciam pouco importados com a sorte dos outros. Eu falava do que assistia ali, em Tizangara. Do resto não tinha pronunciamento. Mas, na minha vila, havia agora tanta injustiça quanto no tempo colonial. Parecia de outro modo que esse tempo não terminara. Estava era sendo gerido por pessoas de outra raça.

Talvez fosse um grande cansaço que me fazia, afinal, ficar por aquela lonjura. Secretamente, eu deixara de amar aquela vila. Ou, se calhar, não era a vila, mas a vida que nela vivia. Eu já não tinha crença para converter a minha terra num lugar bem assombrado. Culpa do vigente regime de existirmos. Aqueles que nos comandavam, em Tizangara, engordavam a espelhos vistos, roubavam terras aos camponeses, se embebedavam sem respeito. A inveja era seu maior mandamento. Mas a terra é um ser: carece de família, desse tear de entrexistências a que chamamos ternura. Os novos-ricos se passeavam em território de rapina, não tinham pátria. Sem amor pelos vivos, sem respeito pelos mortos. Eu sentia saudade dos outros que eles já tinham sido. Porque, afinal, eram ricos sem riqueza nenhuma. Se iludiam tendo uns carros, uns brilhos de gasto fácil. Falavam mal dos estrangeiros, durante o dia. De noite, se ajoelhavam a seus pés, trocando favores por migalhas. Queriam mandar, sem governar. Queriam enriquecer, sem trabalhar.

Agora, na margem da floresta, eu via o tempo desfilando sem nada nunca acontecer. Esse era um gosto meu: pensar sem nunca ter nenhuma ideia. Seria, afinal, que me convertia em bicho, em lógica de unha e garra? A guerra o que havia feito de nós? O estranho era eu não ter sido morto em quinze anos de tiroteiros e sucumbir agora em meio da paz. Não falecera da doença, morria do remédio?

Foi numa dessas manhãs de retiro que senti vozes. Surgiam camufladas. Segui os sons com as mil cautelas. Aquilo era gente que se cuidava não ser vista. Espreitei entre as moitas. Entrevi os vultos. Havia pretos e brancos. Se debruçavam no chão, pareciam escavar na berma de um atalho. Às tantas, um falou alto, bem audível. O grito, em inglês de fora:

— *Attention!*

E os outros estacaram. Depois, se retiraram, sem pressa. De quando em quando, se voltavam a debruçar em roda de outra qualquer coisa. Que procuravam? Mas eles se foram e eu voltei a ficar só. Dei um tempo para que se afastassem e me dirigi para onde haviam estado a coscuvilhar. Foi quando um braço me travou o intento.

— *Não vá que é perigoso!*

Me virei: era minha mãe. Ou seria, antes, a visão dela. Pois ela já há muito passara a fronteira da vida, para além do nunca mais. Naquele momento, porém, ela surgia das folhagens, envolta em seus panos escuros, seus habituais. Não me saudou, simplesmente me orientou para junto do meu abrigo. Ali se sentou, aconchegando-se na capulana. Fiquei mudo e miúdo, à espera. Se temos voz é para vazar sentimento. Contudo, sentimento demasiado nos rouba a voz. Agora, que ela transitara de estado, eu acedia, completo, às vistas dela.

— *Como é, filho: vive no lugar dos bichos?*

Devolvi pergunta com pergunta:

— *Há lugar, hoje, que não seja de bichos?*

Ela sorriu, triste. Podia ter respondido: há, onde eu venho é lugar de gente. Porém, ela permaneceu calada. Rodou pelos arbustos e desfez folhinhas entre os dedos. Apurava perfumes e levava-os lentamente junto ao rosto. Matava saudades dos cheiros.

— *A guerra já chegou outra vez, mãe?*

— *A guerra nunca partiu, filho. As guerras são como as estações do ano: ficam suspensas, a amadurecer no ódio da gente miúda.*

— *E a mãe anda fazer o quê por essas bandas?*

Eu queria saber se tinha terminado sua tarefa de morrer. Ela explicou-se, lenta e longa. Andava com uma bilha a recolher as lágrimas de todas as mães do mundo. Queria fazer um mar só delas. Não responda com esse sorriso, você não sabe o serviço do choro. O que faz a lágrima? A lágrima nos universa, nela regressamos ao primeiro início. Aquela gotinha é, em nós, o umbigo do mundo. A lágrima plagia o oceano. Pensava ela por outras, quase nenhumas, palavras. E suspirou:

— *Haja Deus!*

Lembrou-me como ela despertava, antes, toda alagada. Não houve, depois que meu pai nos deixou, uma manhã em que o sol a encontrasse em panos secos. Sempre e sempre ela e os choros. Todavia, isso fora antes, quando ela padecia da doença de estar viva.

— *Não fique aqui que esses caminhos ainda têm o pé da guerra. A pegada está viva!*

— *Estou tão bem aqui, mãe. Nem me apetece regressar.*

Ficámos ali horas trocando nadas, simplesmente adiando o tempo. Alongando o milagre de estarmos ali, na margem da floresta. Já entardecia, ela me avisou:

— *Volte para a vila, há-de acontecer tantíssima coisa.*
— *Antes de ir, mãe, me lembre a estória do flamingo.*
— *Ah, essa estória está tão gasta...*
— *Me conte, mãe, que é para a viagem. Me falta tanta viagem.*
— *Então, senta, meu filho. Vou contar. Mas primeiro me prometa: nunca siga pelos carreiros onde seguiam aqueles homens que você espreitava há um bocadito.*
— *Prometo.*

Então, ela contou. Eu repetia palavra por palavra, decalcando sobre a voz cansada dela. Rezava: havia um lugar onde o tempo não tinha inventado a noite. Era sempre dia. Até que, certa vez, o flamingo disse:

— *Hoje farei meu último voo!*

As aves, desavisadas, murcharam. Tristes, contudo, não choraram. Tristeza de pássaro não inventou lágrima. Dizem: lágrima dos pássaros se guarda lá onde fica a chuva que nunca cai.

Ao aviso do flamingo, todas as aves se juntaram. Haveria uma assembleia para se conversar o assunto. Enquanto o flamingo não chegava, se escutavam os pios em rodopios. Se acreditava em tais ditos? Podia-se e não. Fosse ou não fosse, todos se demandavam:

— *Mas vai voar para onde?*
— *Para um sítio onde não há nenhum lugar.*

O pernalta, enfim, chegou e explicou — que havia dois céus, um de cá, voável, e um outro, o céu das estrelas, inviável para voação. Ele queria passar essa fronteira.

— *Por que essa viagem tão sem regresso?*

O flamingo desvalorizava seu feito:

— *Ora, aquilo é longe, mas não é distante.*

Depois ele foi internando-se nas árvores sombrosas do mangal. Demorou. Só apareceu quando a paciência dos outros já envelhecia. Os bichos de asa se concentraram na clareira do pântano. E todos olharam o flamingo como se descobrissem, apenas então, a sua total beleza. Vinha altivo, todo por cima da sua altura. Os outros, em fila, se despediam. Um ainda pediu que ele desfizesse o anúncio.

— *Por favor, não vá!*
— *Tenho que ir!*

A avestruz se interpôs e lhe disse:

— *Veja, eu, que nunca voei, carrego as asas como duas saudades. E, no entanto, só piso felicidades.*
— *Não posso, me cansei de viver num só corpo.*

E falou. Queria ir lá onde não há sombra, nem mapa. Lá onde tudo é luz. Mas nunca chega a ser dia. Nesse outro mundo ele iria dormir, dormir como um deserto, esquecer que sabia voar, ignorar a arte de pousar sobre a terra.

— *Não quero pousar mais. Só repousar.*

E olhou para cima. O céu parecia baixo, rasteiro. O azul desse céu era tão intenso que se vertia líquido, nos olhos dos bichos.

Então, o flamingo se lançou, arco e flecha se crisparam em seu corpo. E ei-lo, eleito, elegante, se despindo do peso. Assim, visto em voo, dir-se-ia que o céu se vertebrara e a nuvem, adiante, não era senão alma de passarinho. Dir-se-ia mais: que era a própria luz que voava. E o pássaro ia desfolhando, asa em asa, as transparentes páginas do céu. Mais um bater de plumas e, de repente, a todos pareceu que o horizonte se vermelhava. Transitava de azul para tons escuros, roxos e liliáceos. Tudo se passando como se um incêndio. Nascia, assim, o primeiro poente. Quando o flamingo se extinguiu, a noite se estreou naquela terra.

Era o ponto final. No escurecer, a voz de minha mãe se desvaneceu. Olhei o poente e vi as aves carregando o sol, empurrando o dia para outros aléns.

Aquela era minha última noite desse retiro nos matos. Manhã seguinte eu já entrava na vila, como quem regressa a seu próprio corpo depois do sono.

11

O PRIMEIRO CULPADO

As ruínas de uma nação começam no lar do pequeno cidadão.
Provérbio africano

No dia seguinte, fui chamado pelo administrador. A mensagem era clara: eu que comparecesse sem o italiano. Na entrada da administração, Chupanga me recebeu com a habitual arrogância. Sem me olhar, me apontou uma cadeira. Eu que esperasse. Pela sala de espera passou um grupo de indivíduos de raça branca. O adjunto se levantou subservil, todo em simpatia e acenos.

— *Quem são estes?* — perguntei a Chupanga.
— *Esses são os da campanha de desminagem.*
— *Ainda andam a desminar?*
— *Esses das ONGs andaram por aí a dizer que já se tiraram todas as minas. Mentira. Falta ainda muito trabalho.*
— *E há minas onde?*
— *Isso não sabemos. Sabemos só que há, estão sempre aparecendo.*

Lembrei a minha visão quando fugi para o mato: o estranho grupo remexendo nos matos. Me pareceu reconhecer um dos que acabavam de sair. Ainda pensei esclarecer o assunto com Chupanga. Mas uma voz me chamou às cautelas. Melhor seria eu calar-me com meus botões. Por fim, a secretária me fez sinal para entrar. Sua Excelência me iria receber.

— *Quando mandei que fosse meu tradutor você não entendeu* — disse Estêvão Jonas assim que me sentei.

— *Desculpe, não percebo.*

— *Está a ver? Continua sem entender. Você não entende o que eu quero de si.*

— *E é o quê, Excelência?*

— *Vigiar esse cabrão desse branco. Esse italiano que anda por aí a cheirar nos recantos alheios.*

— *Mas eu pensei que ele nos vinha ajudar.*

— *Ajudar?! Você não sabe? Ninguém ajuda ninguém, nesse mundo da atualidade. Não conhece o ditado: morcego faz sombra é no teto?*

O administrador, depois, confessava: tinha colocado Chupanga para me espiar. O esquema dele era uma tripla espionagem: eu espiava o italiano, Chupanga me espiava a mim e ele, por último, nos espiava a todos nós.

— *É que digo sinceramente: tenho dúvidas de si. Por causa de seu pai.*

— *Não tenho a ver com ele, Excelência.*

— *Não tem? Não sei, não sei. Vocês são pai e filho e a barba sempre encosta no cabelo.*

E por outro lado, sublinhou ele, por que razão meu velho surgia precisamente agora na vila? Ele não entendia aquele súbito regresso.

— *Sim, por que razão? E nem é bem a razão. É mais o motivo.*

Quando me retirei ele me fez uma advertência: eu que tivesse juízo. Aquilo que estava em jogo não era um assunto simples. Ele sabia bem o que dizia. Olhou para mim com complacência:

— *A primeira vez que passei por aqui você não era*

nem nascido. Você me lembra a falecida. Ah, essa mulher...

Até estremeci. Estêvão Jonas lembrava minha mãe com tais enlevos? Ele me leu as dúvidas no pensamento. E lembrou:

— *Cheguei aqui enquanto eu era um guerrilheiro.*
— *Já me disseram.*
— *Não esqueça, nunca: fui eu que libertei a pátria! Fui eu que o libertei a si, meu jovem.*

Um sinal leve em seus dedos me disse para retirar. Já na rua, me surpreendeu o povo balburdiando. Se escutavam as vozes:

— *Apanharam! Já apanharam o explodidor!*

Na rua, se amontoavam as gentes, num balbulício. De entre elas se distinguia o italiano. Via-se que saíra às pressas, ainda se apertando, compondo os cabelos. Juntei-me a ele.

— *Que se passa?*
— *Prenderam um homem.*

Fomo-nos aproximando dos polícias que escoltavam um homem pequeno, coxo. Estava de costas, mas, quando se virou, vi que era o padre Muhando. Vinha descalço, sem camisa. Semelhava um Cristo negro, carregando uma invisível cruz. Abri espaço e me cheguei a ele, chamando:

— *Padre Muhando!*
— *Dizem que fui eu que fiz as explosões.*
— *Que disparate! E o padre não lhe explicou?*
— *Expliquei, confessei tudo.*
— *Confessou?*
— *Sim. Fui eu mesmo que fiz explodir essa estrangeirada.*

O espanto me sobrava. Olhei o italiano que retirava

de um saco plástico a sua máquina fotográfica. No momento em que conseguiu focar, já o prisioneiro era levado para a administração. Um polícia advertiu o estrangeiro: nada de fotografias, o momento não era apropriado.

O italiano solicitou acesso à sala onde se aprisionara o sacerdote. Mas Chupanga foi peremptório. Aquele era um assunto de segurança interna. Razões de Estado se impunham. Só na manhã seguinte Estêvão Jonas aceitou que visitássemos o prisioneiro.

Sentado num banco de curandeira, o padre Muhando matabichava. Nos aproximámos e me surpreendi com sua refeição: o homem molhava o peixe frito no chá. Ele, sorridente:

— *Assim, o peixe fica açucaroso.*

Falava para mim e me pedia que eu traduzisse. Expliquei que isso não era necessário, mas ele insistiu:

— *Traduz!*

Estranhei: o homem que andava sempre indisposto parecia agora estar na sétima quinta. Mas ele, afinal, nem me deu tempo. Falou tudo de enfiada, rosariando palavra como quem estivesse no esgotar do tempo.

— *O senhor me olha, pensa eu sou um doido lunáutico. Mas tanto faz-me.*

— *Por amor de Deus, eu não penso nada* — ripostou Massimo.

— *Agora, uma coisa: o senhor nunca, mas nunca, me fotografe! Nem me grave. Quem é o senhor para andar a gravar e fotografar sem autorização?*

O italiano cabisbaixou-se e pediu desculpa. Parecia sincero. E assim, a cara metida no rosto, escutou as restantes falas do sacerdote. Muhando primeiro ainda somou reclamações: imaginasse o italiano que era o contrário. Isto era: que um grupo de negros africanos surgia no meio da Itália, fazendo inquéritos, remexendo intimidades. Como reagiriam os italianos?

A seguir o sacerdote pareceu disposto a prestar informação. Mas ele só fingia. Porque explicou: o soldado que explodiu era um homem feio. Tinha os tomates maiores que os do boi-cavalo. Até a andar se ouviam, os badalões dele. Dizia isto não porque os tivesse visto em vida. Os ditos voaram, póstumos, por cima do canhoeiro. E aterraram na estrada nacional, às vistas de todos.

E ele, conforme agora lembrava, foi ter com o nyanga, que ele chamava de "colega", para dar destino às partes do zambiano. É que já voavam abutres de rapina sobre a copa da grande árvore. Seria chamar desgraça se se deixassem aquilos assim, à disposição dos bichos. Nunca mais haveria sossego, caso os pássaros engolissem os mbolos do estrangeiro.

A bicheza não visita lugar da gente. Pelo menos, sem o devido assentimento. E o padre:

— *Como o senhor que nos visita sem nos perguntar* — disse, apontando o italiano.

O que fizeram então ele e o feiticeiro? Retiraram dos ramos os órgãos do infeliz e os deitaram longe no mato, lá bem nas profundezas onde só circulam bichos indomesticados.

— *Devíamos lançar o senhor também lá.*

O italiano já não encontrava mais graça ao escutar o relato. O padre era uma criatura digna de descrédito. Confirmava o que tinha ouvido dizer: o religioso enlouquecera, esquecendo suas devotas obrigações. Várias vezes se ouvira o sacerdote insultando Deus pelas ruas públicas. Morria uma criança, indefesa contra o sofrimento, e Muhando saía da igreja e desafiava o Criador, ofendendo-o em frente de todos. Chamava-lhe os piores nomes, desfiava-o a pente grosseiro.

— *É verdade que ofende Deus?*
— *Qual Deus?*
— *Bom... Deus.*
— *Ah, esse. É verdade, sim. Eu insulto-O quando Ele se descomporta.*

Tinha razões para essa intimidade — ele e Deus eram colegas, sabedores de segredos mútuos. Quando ele bebia, Ele bebia também. Por isso ele não rezava a Deus. Antes, rezava com Deus.

— *Sabe onde é a minha verdadeira igreja? Sabe? É junto ao rio, lá no meio dos caniços.*

Subiu a um caixote e espreitou pela janela. Chamou-nos para que espreitássemos.

— *Veja. É ali que converso com Deus.*
— *Por que ali?*
— *É ali que estão as pegadas de Deus.*

Para o padre Muhando o motivo do sagrado do lugar era simples: no antigamente, o Diabo estava a morrer. Deus ficou aflito: sem o Demónio ele seria apenas metade. Foi então que Deus acorreu a curar o seu eterno inimigo. O que Deus, primeiro, fez foi beber água. Nesse tempo só havia mar. Ele bebeu dessa água salgada, cheia de alga e inorganismos. Deus teve alucinações e vomitou sobre o Universo. O vómito era ácido e os seres definharam, contaminados pelo cheiro nauseabundo. A água adoeceu, as plantas amarelaram. O gado começou a dar sangue em vez de leite. Deus enfraquecia que dava pena. Foi então, já cansado, que ele inventou os rios. Criou os rios com água vinda de suas mais longínquas forças, as veias de sua alma. Mas ele estava debilitado, incapaz de imensidões. Por isso, os rios não são tão infinitos como o mar. Aquela água doce, só de ser vista, revigorou a alma de Deus. Todavia, os rios a si mesmo não bastavam. Lhes fazia falta o mar, o lugar infinito. E a água voltou à água.

— *Deus se ajoelhou ali, naquele descamado* — disse Muhando apontando o rio. — *Um joelho neste lado de cá e outro na outra margem, além. Ele se debruçou ali matar a sede.*

Dizem que Ele bebeu, bebeu, bebeu até matar a sede de todas as fontes. Olhou o firmamento, fechou o Sol nos olhos. Demasiada luz: tudo ficou miragem. De seu rosto, por um instante cego, surgiu o Homem. Aquele era o primeiro homem. Dos olhos de Deus, feridos de tanto brilho, deslizou uma lágrima. Dessa água, escapou uma mulher. Aquela era a primeira Mulher. E ambos, Homem e Mulher, desandaram por entre os caniçais das margens dos rios.

— *Ali naqueles caniços: aquela é a minha igreja. Lá eu me debruço para olhar os olhos de Deus. Falo com Ele através da água.*

O padre avisou: tudo que ouvia dizer sobre ele era verdade. Sim, tudo era verdade. Que ele fazia visitações ao inferno, sim era verdade. Mas, no rigor, era o inferno que o vinha visitar a ele. E eram demónios os que comandavam nossos destinos.

— *É preciso consultar um demónio para se saber a morada de outro demónio.*

Dava o exemplo do administrador. O enteado dele matara pessoas, vendia droga. Esse moço era o homem que chupava sangue de vampiro. Todos sabiam. O moço se moldava à mãe. A Primeira Dama se arrumara de poderes que nenhum poder consente. Expulsara os camponeses do vale. As terras dos mais pobres verteram para bem dela. Todos sabiam. Mas ninguém podia fazer nada com esse saber.

— *Já me ameaçaram. Até Deus me intimidou. São alma com carne, esses.*

Depois, o padre nos chamou e pediu que aproximássemos. Queria partilhar de um segredo. Era simples: ele sabia que o iriam transferir. Precisavam de um pretexto, apenas. O enviariam para a cidade, onde os padres são tantos que perdem importância.

— *Eu até já não me importo. Estou cansado desta vila. E assim viajo daqui com passagem paga.*

E virando-se para Massimo Risi lhe deu a bênção. Era a sua bênção, não a divina. Que ele sabia que Tizangara estava para além das proteções celestiais.

— *Tenha cuidado, meu filho. Nesta terra as perdas são sempre maiores que os prejuízos.*

Regressámos ao hotel. A loucura do sacerdote parecia ter abatido o estrangeiro. Ele, já de si, era acabrunhadiço. O sacerdote falara muito e dissera pouco. Massimo Risi se sentou frente ao relatório, mastigando a caneta. A página adormeceu em branco.

Me retirei para a solidão do meu aposento. Fiquei um tempo acordado pensando na presença desse italiano. Por que o nosso país carecia de inspetores de fora? O que tanto nos desacreditara aos olhos do Mundo? Abafado, ecoando no corredor como uma reza, se escutava o canto de Temporina. A moça, pobrezinha, enxotava os fantasmas. Foi quando senti o italiano raspando na porta. Entrou, agitado.

— *Não consigo dormir. Tive um pesadelo horrível.*

Sonhou que voltava à Europa e, no mesmo avião, seguiam os caixões dos capacetes azuis falecidos. No desembarque, esperavam-no as mais protocolares cerimónias fúnebres. Mas quando saíram, os caixões eram meras caixinhas, pouco maiores que caixas de fósforos. Nem careciam de ser maiores, para guardarem o que guardavam. Recobrindo as pequenas caixas tinham colocado umas minúsculas bandeirinhas. Azuis-celeste, das Nações Unidas. As viúvas passavam pela bancada onde repousavam os féretros e cada uma delas tomava a respectiva embalagem e a guardava na carteira. E quando o cumprimentaram, finalmente, Massimo notou que se inclinavam até quase rente ao chão. Elas surgiam enormes. Só então se apercebeu: ele se havia convertido num anão. Regressara vivo de África. Mas sem tamanho.

Olhei Massimo e, de repente, me pareceu que ele, realmente, minguara até à anormalidade. Fiz sinal com o braço para que ele se calasse. E que escutasse Temporina cantando. O estrangeiro se resumiu, enroscado, meio-dormido.

Até que se extinguiu a voz da moça-velha. No meio do escuro pensei: há bichos que vivem na cova e só saem da terra para morrer. Eu queria ser um deles. Sem luz, sem calendário solar. Sombrado o tempo todo, boca e olhos encerrados a poeiras. Quando transitasse para além da vida eu já saberia morar desse outro lado.

12

O PAI SONHANDO
FRENTE AO RIO PARADO

Queres saber onde está o gato?
Pois procura no canto mais quente.
Provérbio

Se queres ver de noite passa pelos olhos a
água onde o gato lavou os olhos.
Dito de Tizangara

— *Vou lá fora pendurar os ossos.*

Meu pai sempre anunciava a decisão, já no virar da porta. Falava como se estivesse sozinho. Era assim há muitos anos. Como lhe doessem os ossos e sofresse de grandes cansaços, ele, antes de deitar, se libertava do esqueleto para melhor dormir.

Assim fora, desde há quase uma vida. Nas poucas noites que partilháramos, tudo se repetia: jantávamos em silêncio, conforme sua interdição. Dava mau azar alguém falar durante a refeição. Se escutavam apenas os dedos emagrecendo a farinha, molhando e remolhando a ufa no caril de peixe seco. E ouviam-se os mastigares, em flagrante de maxilas. Depois do jantar, ele se erguia e proclamava a sua intenção de se desossar. Entrava no escuro e só regressava de manhã, recomposto como orvalho em folha da madrugada. Nunca testemunhei com medo de que notasse meus desconfios. Assim, tinha por certo ser mais uma de suas muitas mentiras. Já antes ele nos estranhava com seus devaneios. Vivia à razão de juras.

Ele não se desfazia, quando lhe pedíamos contas. Respondia devolvendo pergunta:

— *O nosso corpo é feito de quê? De carne, sangue, águas contidas?*

Não, segundo ele, o corpo era feito de tempo. Acabado o tempo que nos é devido, termina também o corpo. Depois de tudo, sobra o quê? Os ossos. O não tempo, nossa mineral essência. Se de alguma coisa temos que tratar bem é do esqueleto, nossa tímida e oculta eternidade.

Tudo isto eu lembrava enquanto caminhávamos para minha velha casa. Ia visitar meu velho que acabara de tomar posse de seu antigo lugar. Massimo fez questão em me acompanhar. Eu preferia que ele me deixasse só, eu e meus íntimos motivos. O homem, porém, confessou que temia ficar sozinho na pensão.

Quando chegámos não encontrámos logo o velho Sulplício. Chamei, não houve resposta. Quase me decidia regressar ainda resolvi espreitar o pátio das traseiras. Em casa africana tudo acontece nesse terreiro. E, de facto. Ele ali estava, reiclinado no velho cadeirão. Anunciámo-nos. Manteve-se calado, impávido, contemplando o rio. Sua voz, delongada, me arrepiou:

— *Estão a ouvir os pássaros?*

Pássaros nenhuns não havia. Tudo em liso silêncio. Mas meu pai, só ele escutava o rouco grasnar dos flamingos. Dívida que ele tinha com as aves pernaltas. Os pescadores chamam-lhes os "salva-vidas". No meio da noite, em plena tempestade, quando se perde noção da terra, é a presença e a voz dos flamingos que orienta os pescadores perdidos.

Também meu velho foi salvo pelas grandes aves. Naufragado em certa pescaria, ele estava já bebendo o oceano, engolido pelas ondas e vomitado pela noite quando avistou fantasmas pastando no chão da escuridão. Eram fugidios vultos brancos, sobre o roçar da rebentação. Primeiro, lhe passou pelo coração:

— *Deus já me mandou anjos!*

Anjos não eram. Eram sim os simples e róseos flamingos que debicavam os tapetes marinhos. Se confirmava, na vertência do caso, a vocação salvadora dos pássaros. Desde então, meu velho fixara o canto dos bichos e regressava a essa memória sempre que se sentia perdido. Agora, por exemplo, ali no pátio da nossa moradia, os flamingos eram pouco prováveis. Contudo, ele os contemplava, voando na direção de nossa casa. Essa era a direção dos bons presságios.

Nossa chegada apenas estorvava suas visões. Antipatizado, meu velho resmungou, mal nos avistou:

— *Saiam-se daqui.*

— *Nos doe as boas-vindas, pai.*

Mãos alavanqueando sobre os joelhos, o velho se ergueu da cadeira. Zangado, me enfrentou:

— *Onde é que você está a dormir?*

Não deixou que respondesse. As perguntas vinham em cascata: por que é que abandonara a nossa casa, por que aceitara servir esse satanhoco do Estêvão, por que metia o nariz em assuntos que não chamavam ninguém?

— *Pai, se acalme. Agora é tempo de paz.*

— *O homem se afoga é nas águas calmas.*

Passou a mão pela cabeça, alisando os cabelos de trás para a frente. Continha-se para não gritar:

— *E agora você ainda me traz esse branco.*

Dizia conhecer os modos deles, dos brancos. Chegavam com falas doces. Com ele, porém, não valia a pena. Ficaria calado, aquele europeu não entraria em sua alma por via de palavras que ele proferisse. Massimo Risi, todo veludo e maneiras, se dirigiu em imploração:

— *Mas senhor Sulplício...*
— *Não diga o meu nome! Nunca mais!*

Eu conhecia seu princípio: o nome da pessoa é íntimo, como se fosse um ser dentro do ser. Devia haver uma autorização para alguém poder pronunciar o nome de um outro. O que o italiano fazia, em seu entender, era já uma invasão. O velho Sulplício me usou para dar o recado ao europeu:

— *Diga a ele que eu não admito.*

Massimo ficou parado, atolado em impotência. Ficou ali, sem ida nem volta. Entretanto, começou a chuviscar. Meu pai, como sempre, não se abrigava da chuva. Gotas se encaminharam nos sulcos de seu rosto. Ele sorveu umas tantas gotas, lhe tomando o gosto. E concluiu:

— *Esta chuva já é antiga.*

Está sempre chovendo a mesma chuva, costumava dizer. Só que em intervalos. Todavia, é sempre a mesma chuvada. Versões do velho Sulplício. Esperava uma chuva nova, recente, acabadinha de se estrear. Então, esse mundo iria cambalhotar, com melhores nascimentos.

Olhou os céus, desdenhoso. Com a mesma superioridade nos soslaiou. Depois, voltou a sentar-se e regressou à sua indiferença. Parado, sob a chuva. Ficámos ali, calados, aguardando uma mudança em sua disponibilidade. Eu olhava a teimosia do meu pai e me parecia ver nele uma raça inteira sentando o seu tempo contra o tempo dos outros. Pela primeira vez senti orgulho nele. Torci até para que não falasse. Ele ali estava frente ao rio, numa cadeira tão antiga como o chão. Quase não se movia, os olhos com a mesma ausência dos do crocodilo. O rio era, para ele mesmo, a única confirmação de que estava vivo. Depois de um tempo, quando ele já parecia adormecido, perguntou:

— *O rio parou?*

O italiano me olhou, arrelampejado. Eu sabia que não era para se responder. Ele, afinal, não falava o que dizia. Referia outro assunto. Cada coisa tem direito a ser uma palavra. Cada palavra tem o dever de não ser nenhuma coisa. Seu assunto era o tempo. Como o rio: parado é que o tempo cresce.

— *O rio parou? Hein?*

— *Não, pai.*

— *Ainda não? Pois quando parar eu falo com esse estrangeiro.*

Desistimos. Fomos para dentro da residência. Meu pai se juntou a nós e se destinou num canto, a esteira cobrindo uns papelões. Se espreguiçou com dolência. Aquela noite ele não iria pendurar os ossos fora. Não confiava no escuro daquelas bandas. Adormecemos na sala. Acordámos em sobressalto. Meu pai nos gritava junto dos ouvidos. Me insultava a mim por servir os mesmos que o haviam arruinado. Ao italiano por se intrometer na alma alheia.

— *Esse aí é um branco de quem?*

De quem? Expliquei quem era Massimo, na certeza de que ele escutava quase nada. Insisti para que ficasse tranquilo. Contudo, não parava de gritar.

Falava para mim como se o italiano não estivesse ali. Mas era a Massimo Risi que se dirigia. Se atabalhou, tudo de enfiada: durante séculos quiseram que fôssemos europeus, que aceitássemos o regime deles de viver. Houve uns que até imitaram os brancos, pretos desbotados. Mas ele, se houvesse de ser um deles, seria mesmo, completo, dos pés aos cabelos. Iria para a Europa, pedia lugar lá no Portugal Central. Não o deixavam? Como é: ou se é português ou se não é? Então se convida um alguém para entrar em casa e se destina o fulano nas traseiras, lugar da bicharada doméstica? Mesma família, mesma casa. Ou é ou não?

— *Ou não será que este branco está dormir no melhor colchão da casa?*

— *Pai: não se zanga, por favor. Este homem não tem nada a ver com isso.*

— *Seu problema é que aquilo que você sabe tem pouca idade.*

— *Eu sei o que se passou antigamente. Lembro-me de coisas...*

— *Você lembra-se, mas não sabe de nada.*

Sabia eu, por exemplo, como ele tinha labutado sério? Sabia de sua ocupação, antes mesmo de eu ter nascido? Pois, durante anos, ele se exerceu como fiscal de caça. Era o tempo colonial, não se brincava. Ele era quase o único preto que detinha um igual lugar. Não fora fácil.

— *Sofri racismos, engoli saliva de sapo.*

Aprendera na tropa — só se dispara sobre o inimigo quando ele estiver perto. No caso dele, porém, ele estava tão próximo que arriscava disparar sobre ele mesmo. Ou fosse dizer: o inimigo lhe estava dentro. Isso que ele atacava era não um país de fora, mas uma província de si. A bandeira portuguesa não era dele. Isso ele sabia.

— *Mas veja bem: que mais outra bandeira eu tinha?*

E se houvesse, se outra bandeira tivesse, não havia outro mastro senão aquele em que subia a bandeira portuguesa. Se fazia descortinar? É que minha mãe nunca aceitara ele ter disparado do lado dos coloniais. Em contrapartida, ela deitava glória era nos que guerrilharam a favor da independência. Como se dessa banda todos fossem puros.

Mais nem falou, o resto eu adivinhei. Porque dizia as

coisas de cruzado, me encarando a mim para se destinar no outro. Só então se virou para Massimo e lhe falou direto:

— *Uma única coisa lhe vou dizer.*

Parou como se tivesse sido repentinado por um esquecimento. Depois ganhou nova resolução e comandou:

— *Venham comigo.*

Levantámo-nos e o seguimos, em silêncio. Meu velhote caminhava à frente, decidido entre o cacimbo e o lusco-fusco. Assim, em passo firme, parecia um militar. Nem menor, nem menos. Foi à sombra do tamarindo e mostrou qualquer coisa entre as mãos.

— *Veja!*

Espreitámos, em vão. As mãos estavam vazias. Mas ele, com frio gesto, arregaçou as mangas e tornou visíveis duas cicatrizes, sulcando paralelas cada um dos pulsos. Seus dedos haviam pago caro — durante anos se moveram lentos, em arco de tartaruga.

— *Me amarraram nessa árvore. Me prenderam com cordas, deitaram sal nas feridas.*

— *Quem?*

— *Esses que vocês querem ajudar agora.*

Os argumentos de Sulplício eram por mim conhecidos. Quando chegaram os da Revolução eles disseram que íamos ficar donos e mandantes. Todos se contentaram. Minha mãe, muito ela se contentou. Sulplício, porém, se encheu de medo. Matar o patrão? Mais difícil é matar o escravo que vive dentro de nós. Agora, nem patrão nem escravo.

— *Só mudámos de patrão.*

— *Mas o que aconteceu?*

O que aconteceu? Ele era um fiscal já no tempo colonial. Será que entendíamos? Um preto, como ele, servindo as forças dos brancos? Sabíamos o que ele tivera que passar? E, no entanto, não tinha queixa. Já tinha sofrido, voltara a sofrer. Mas a pessoa não é como o milho que morre e fica de pé. Ao menos, lhe restasse essa possibilidade de recusa: não falar quando os outros pediam. O italiano insistiu:

— *O que sucedeu, afinal? Com suas mãos...*

Eu conhecia o episódio, preferi abreviar o relato. Eu mesmo relembrei o sucedido. Aconteceu depois que o administrador Jonas tomou posse. Certa vez, meu velho apanhou em flagrante o enteado de Jonas caçando elefante. Fora da época, fora da licença. Prendeu-o. Foi seu erro. Dona Ermelinda, a esposa do chefe, apareceu na prisão clamando que aquilo era perseguição política.

— *Solte o meu filho* — ordenou a Primeira Dama.

Sulplício não acatou a ordem. Ermelinda, obstinada:

— *Você persegue a nossa família!*

Não tardou que chegasse o administrador. Virou-se o feitiço de encontro ao feiticeiro. Num segundo, o moço estava livre e ele, o fiscal-polícia, estava preso de mãos amarradas. Os outros colegas o ataram, prontamente obedientes. Era um nó demasiado convicto. Sulplício alertou para o laço que lhe roubava o sangue das mãos. Em vão. Nenhum dos colegas se mexeu para o defender. Foi Dona Ermelinda quem juntou a maldade à maldade: espalhou sal nas cordas. E mandou que apenas no dia seguinte lhe aliviassem a amarradura.

— *E você, meu filho, ainda se junta com essa gente?*

Sulplício voltou para a varanda que dava para o rio. Agora, ele já não desejava visita de pessoas nenhumas. Fossem, quando muito, os anjos voadores que cruzam os poentes. No resto, não lhe mexessem. Encostou-se num tronco e falou para mim:

— *Eu me valha, miúdo. Eu me valha!*

— *Deixe, pai. Nós já lhe vamos deixar descansado.*

— *Isso, vá e leve esse estranho. Antes de ir ainda lhe digo uma coisa: é que está muito certo.*

— *Está certo o quê, pai?*

— *Você ser tradutor.*

E falou a explicação que jamais ouvira. Eu era um filho especial: desde cedo meu pai notara que os deuses falavam por minha boca. É que eu, enquanto menino, padecera de gravíssimas doenças. A morte ocupara, essas vezes, meu corpo, mas nunca me chegara a levar. Nos saberes locais, aquela resistência era um sinal: eu traduzia palavras dos falecidos. Essa era a tradução que eu vinha fazendo desde que nascera. Tradutor era, assim, meu serviço congênito.

— *Por isso, se cuide, senhor Massimo* — disse o velho. — *Me está ouvir?*

— *Diga, senhor Sulplício.*

— *Cuidado: suas palavras podem queimar a boca do meu filho. Está entender?*

— *Entendo, sim.*

— *Agora vá, já gastei muito tempo consigo.*

Fez um sinal para que nos afastássemos. Queria voltar a estar só. Já nos retirávamos quando escutámos, longe, uma nova explosão. Regressámos, correndo para junto do velho Sulplício. Impassível, ele continuava afundando suas atenções na eternidade do rio.

— *Não escutou, pai?*

Com um gesto me chamou mais perto. Com outro mandou o italiano afastar-se. Encostei o ouvido perto de seu rosto. Então, ele disse:

— *Esta é uma explosão das outras.*

— *Das outras? Que outras?*

E me revelou, lacónico: era mentira que só explodissem soldados estrangeiros. Havia, segundo ele, outras explosões que matavam a nossa gente. Explosões verdadeiras, com prova de sangue e de lágrima. Como esta que tinha acabado de acontecer.

— *Pai, me diga o que o senhor sabe...*

Com um gesto agitou negativamente o braço: nada, já tinha falado de mais.

— *Sabe, filho? A boca nunca fala sozinha. Talvez lá na terra desse branco. Mas aqui não.*

— *Lhe peço que me diga a mim. Só a mim.*

— *Aprenda uma coisa, filho. Na nossa terra, um homem é os outros todos.*

Não falaria, me certifiquei. Ainda por cima estando eu em companhia de quem estava. Não é que ele não gostasse daquele visitante. Contudo, o melhor era ficarem divorcidados por comum desacordo. Sua jura primeira era nunca dizer nem metade. Mas não seria sempre assim. Eu o conhecia. O seu coração tinha mãos fracas: tudo o que ele amava acabava escorregando no nada. Agora, pior, por causa de seus pulsos cortados. Perdera força, perdera crença. Meu pai falaria, sim. Pela voz de outros.

13

A ÚLTIMA TONTURA
DO MOÇO TONTO

A vida é um beijo doce em boca amarga.
Depoimento do feiticeiro

Nessa manhã, ao chegarmos à pensão, fomos surpreendidos por um choro. Provinha do quarto de Temporina. Encontrámo-la debruçada sobre o lavatório. Parecia ter vomitado. Mas não: ela simplesmente cuidava que cada lágrima não tombasse no chão. Diz-se que lágrima de enfeitiçada faz nascer no solo as mais estranhas coisas. Ficámos em respeito, esperando que as lágrimas escoassem do rosto para a louça branca. Depois, ela passou as mãos pelo rosto e falou:

— *Mataram meu irmão.*

Seu único irmão, o moço tonto que herdara os bens de Hortênsia. A notícia era triste e colocava um novo elemento em toda aquela estória. O moço explodira. Desta vez, porém, era uma explosão real, dessas a que a guerra já antes nos havia habituado. Tão simples quanto cruel: o moço pisara uma mina e as suas pernas se separaram do corpo como um esfarrapado boneco de trapos. Antes de chegar qualquer socorro ele se esvaíra em sangue. O italiano, nervoso, me sacudiu:

— *Foi essa a explosão que ouvimos ontem em casa de seu pai.*

Em súbita decisão, Temporina enrolou uma capulana sobre a saia e proclamou:
— *Vou sair!*
— *Você não pode, Temporina.*

Ainda lhe segurei o braço. Mas não fui capaz de a prender. Ela desapareceu no corredor. Intentei seguir no seu encalço. Em vão: ela já se havia solvido entre as ruas. Voltei ao quarto de Massimo Risi e, de novo, senti aquele presságio que me assaltara aquando do primeiro rebentamento. Na cama do italiano, papéis revolvidos se acumulavam. Massimo, em desespero, revirava as papeladas.
— *Veja!*

Apontava os papéis e as fotos espalhados. *Veja, veja*, repetia. Apanhei umas folhas ao acaso. Eram papéis em branco.
— *Não está nada escrito aqui.*
— *Exatamente. E veja as fotos!*

Eram papéis de fotografia, mas em branco. Era esse o mistério — aqueles papéis e aquelas imagens não eram virgens. Até ali estavam maculados por letras, por imagens gravadas. Aqueles eram as provas, os materiais que o italiano acumulava para mostrar aos seus chefes.
— *Isto tudo se apagou?!*
— *Tem a certeza que não são outras folhas?*

Massimo se agarrou à cabeça:
— *Estou ficando maluco, não aguento mais.*

Se queixou de uma violenta dor de cabeça. Sugeri que saíssemos a apanhar ares. Mas o italiano não tinha tempo para vagueações. Saíamos, sim, rumo à administração para saber novidades.

No caminho tivemos o extraordinário encontro: padre Muhando, liberto, vagueando pelas ruas aos berros. Ainda o tentámos interpelar, mas ele sacudiu-nos. Vociferava, possesso, contra Deus. Ele ter levado o miúdo tonto, inominado, isso era imperdoável. Que Ele lhe havia de pagar, aqui na terra pois o céu é demasiado tarde. O italiano se admirou: afinal, o padre desistira de estar preso, se demitira do sonho de sair?

— *Aqui não há verdadeira prisão* — expliquei ao italiano.

À entrada do edifício cruzámo-nos com Zeca Andorinho, o mais poderoso feiticeiro da região. O homem saía furtivamente do gabinete do administrador, conforme as ordens que lhe haviam sido dadas. De cada vez que o mundo estremecesse, ele devia passar pela casa dos chefes a tratar o lugar, afastando os maus-olhados.

Zeca Andorinho nos fez sinal para que o seguíssemos e foi andando, rosto escondido. Nós caminhávamos à sua trás até que ele parou no abrigo de uma sombra. Dando de caras conosco, fixou o estrangeiro como se o reconhecesse. Primeiro, falou na sua língua. Propositava, pois ele falava português. Só depois de umas tantas frases se dirigiu em português ao italiano.

— *Eu já lhe vi.*

— *Deve ter sido por aí* — respondeu Massimo Risi.

— *Não, vi-lhe lá na minha casa.*

— *Impossível, nunca fui lá* — e me pedindo confirmação: — *Fomos lá alguma vez?*

— *Entre, que essa luz lhe faz ainda piorar a dor da cabeça.*

Massimo se perturbou. Como sabia ele de sua enxaqueca?

— *Entre, aqui no escuro você se sente melhorzito.*

Estávamos à entrada de uma das duas casas de Andorinho. Massimo entrou, ficando à espera que o outro dissesse o que havia a fazer. O feiticeiro ordenou que estendesse as pernas e se descalçasse. Desta vez, tive mesmo que traduzir. O feiticeiro deixara de falar português. Passou a usar a língua local, se exprimindo com olhos cerrados:

— *Há uma mulher que veio ter comigo.*
— *Que mulher?*
— *Ela me pediu que eu fizesse um serviço.*

Fiz sinal ao italiano para que não falasse. O feiticeiro já não lhe daria ouvidos. O velho, sempre de pálpebra descida, parecia variar sobre assunto não chamado. Disse que havia feitiços chamados de likaho. Uma diversidade desses feitiços, cada qual feito de diferente animal. Havia likaho de lagarto: os homens inchavam no ventre. Sucedia o mesmo com os ambiciosos — os fulanos eram comidos pela barriga. Havia o likaho de formiga e os enfeitiçados emagreciam até ficarem do tamanho do inseto. O italiano me olhou de soslaio e eu adivinhei o seu receio. Seria aquele o feitiço que o visitara no seu pesadelo? Zeca Andorinho ensaiou uma pausa, como se ponderasse a confissão. Depois, falou:

— *Agora esse likaho dos soldados é de sapo.*
— *De sapo?*
— *Os tipos engordam até ficarem como o imbondeiro. E depois eles já não cabem no tamanho e se arrebentam.*

Fazia esse feitiço por encomenda dos homens de Tizangara. Ciúme dos locais contra os visitantes. Inveja de suas riquezas, ostentadas só para fazer suas esposas tontearem. Carecia-se de castigo contra os olhares compridos dos machos estrangeiros. Sobretudo, se fardados de soldados das Nações Unidas.

— *Foi este feitiço que usei contra esses gafanhotos.*

Massimo já sabia: os gafanhotos eram os capacetes azuis. Afinal, aquele feitiço começava onde todo o homem começa — no namoro. À medida que ia avançando ficava quente e o seu corpo se desconformava. O enfeitiçado inchava, sem dar conta. Crescia como o sapo face a seu próprio medo. Até que, no preciso momento do orgasmo, explodia.

O feiticeiro, por fim, abriu os olhos e revisitou a sala como se acabasse de entrar. Fixou o estrangeiro e lhe sorriu:

— *Agora, lhe pergunto uma indelicadeza.*

— *Esteja à vontade.*

— *Você namorou com aquela moça-velha do hotel...*

— *Não. Eu só sonhei.*

— *Diga-me, de homem: só sonhou mesmo? Na sua roupa não aconteceu nada?*

O italiano ficou calado. No seu rosto se lia a pergunta: então, por que não explodira? Mas ele estava tão medroso que não articulou palavra. O feiticeiro respondeu à pergunta que ele não fizera.

— *Você recebeu um tratamento.*

— *Tratamento?*

— *O senhor está imunizado. Fui eu que lhe fiz o likaho do cágado. Para lhe proteger.*

— *O senhor me enfeitiçou? E por que razão o fez?*

— *Foi uma mulher que encomendou o serviço de lhe vacinar.*

Massimo misturava medos com receios, pavores com temores. Medo do desconhecido, receio de acreditar, pavor das doenças, temores dos feitiços. Ele só repetia:

— *Uma mulher?*

— *Deixe isso, meu irmão.*

— *Mas que mulher?*

— *Escusa: você nunca irá saber.*

— *Pergunto mais uma vez: que mulher?*

— *Você não quer saber desses gajos, os explodidos? Então, ligue a sua máquina que eu vou falar sobre o caso do zambiano. E dos outros, também. Ligue lá o gravador. Mas, a propósito, não trouxe uma garrafinha para soltar a palavra?*

14

FALA DO FEITICEIRO ANDORINHO

É o cão vadio que encontra o velho osso.
Provérbio

O que eu sei do zambiano despilado? E do paquistanês? E dos outros tantos que explodiram? Quer saber como ficaram capados? Ora, Excelencíssimo: cada um deixa cair o que não pode segurar. Eu, Zeca Andorinho, seguro bem as minhas dependências. Não ando por aí a meter a moca no trombone. O senhor sabe: tudo cai, até nuvem tomba do céu. Quem sofre as culpas disso? Ninguém. Estou a sério, doutor. Não sei o que aconteceu — com todo o respeito da ignorância. Quando nascemos sabemos tudo, mas não lembramos nada. Depois, crescemos, vamos ganhando lembrança e encolhendo sabedoria. Mas eu, mesmo sendo feiticeiro, no assunto deste caso, não lembro nem sei. Os anjos é que são testemunhas miloculares. O melhor é entrevistar-lhes. Entreviste os anjos, meu caro senhor. A si eles não vão negar.

Até confesso uma coisa, Deus seja perdoável: eu não gosto as maneiras dos estrangeiros atuais. Quando éramos antigos passavam por aqui os longínquos e escorregavam com as nossas meninas. Mas não lhes carregavam de qualquer maneira. Nós escolhíamos, juntos, as moças leváveis. Agora, não. O desconhecido, num instantâneo, já fica marido sem sogro nem cunhado, ilegal no respeito do antigamente. Eu vejo o senhor, não pense que não vejo. Seus olhos são pescadores de belezas. Sua rede já se encravou na rocha funda. Essa Temporina usou o peixe para apanhar o isco, isso eu lhe digo, meu irmão.

Um segredo: com Temporina, tudo era mentira. Ela não era virgem. Eu só soube depois — tinha havido um caso entre ela e o padre. Sim, tudo se passara no obscuro, além da cortina. A igreja, para Muhando, sempre servia para algo. Esconder seus amores dos olhares invejosos dos sem amores. Assim, se descanse, caro Massimo. Aquela pele escamosa não vai durar sempre. Aquilo é sol de baixa duração. Um dia, sem que ninguém adivinhe, acontecerá como as cobras — ela descamará, aprontada para qualquer Verão.

Me escute, senhor: estou vivendo apenas em rascunho, amanhando uns biscatos de futuro. É que aqui, na vila, ninguém nos garante. Nem a terra, que é propriedade exclusiva dos deuses, nem a terra é poupada das ganâncias. Nada é nosso nos dias de agora. Chega um desses estrangeiros, nacional ou de fora, e nos arranca tudo de vez. Até o chão nos arrancam. Digo isto por vistoria: não confianço em ninguém, estamos ser empurrados para onde não há lugar nem data certa.

Por exemplo: há dias esse administrador Jonas me deu ordem que eu parasse com os rebentamentos. Eu recusei. De boa maneira, mas recusei. Agora, eu recebo ordem de um Jonas? Aqui, em Tizangara? Ele é estrangeiro, tal igual o senhor. Minhas obediências são a outros poderes. Como o senhor, que não nos responde a nós. Os seus chefes estão lá fora, não é? Pois, os meus estão ainda mais fora. Está compreender?

Viver é fácil: até os mortos conseguem. Mas a vida é

um peso que precisa ser carregado por todos os viventes. A vida, caro senhor, a vida é um beijo doce em boca amarga. Se acautele com eles, meu amigo. Uns não vivem por temer morrer; eu não morro por temer viver. Entende, o senhor? O tempo aqui é de sobrevivências. Não é lá como na sua terra. Aqui só chega ao futuro quem vive devagarzito. Nos cansamos só a afastar os maus espíritos. Não estou a desarmar em esperto. Espere, já me exemplifico.

Falo assim de nossos atuais chefes. Não devia falar, ainda por cima consigo, um estrangeiro de fora. Ainda assim, falo. Porque esses chefes deviam ser grandes como árvore que dá sombra. Mas têm mais raiz que folha. Tiram muito e dão pouco. Veja esse malfadado do enteado do administrador. Eu lhe encomendei um mau destino: o moço vai morrer de tanta riqueza apressada.

Há os que duvidam de meus poderes sobre o regime dessas vivências. E perguntam — será que a hiena vira cabrito? Mas eu posso perguntar, também: é o pescoço que carrega a cabeça ou vice-versa? Pois, esse moço há-de aprender — a amêndoa vai esmagar a formiga. Eu lhe digo e o senhor irá confirmar: o enteado do chefe vai apanhar lenha se quiser aquecer a panela. Mas isso é assunto nosso, deixemos isso para cá.

Agora, o senhor me pergunta por esses soldados que desapareceram-se. Pergunta-me se o soldado zambiano morreu. Morreu? Bem, morreu relativamente. Como? O senhor me pergunta — como se morre relativamente? Não sei, não lhe posso explicar. Teria que falar na minha língua. E é coisa que nem este moço não pode traduzir. Para o que havia que falar não há palavras em nenhuma língua. Só tenho fala para o que invento. Que eu, doutor, estou da forma como o jacaré: sou feio e gigantoso, mas ponho ovo faz conta um passarinho. Porém, tenho diferença com esses tais bichos. Meus dentes não prestam serviço de assustar. Ao contrário: meus dentes são para os outros me morderem. Eu já ofereço facilidades a meus inimigos. Está ver minha educação? Falam muito de colonialismo. Mas isso foi coisa que eu duvido que houvesse. O que fizeram esses brancos foi ocuparem-nos. Não foi só a terra: ocuparam-nos a nós, acamparam no meio das nossas cabeças. Somos madeira que apanhou chuva. Agora não acendemos nem damos sombra. Temos que secar à luz de um sol que ainda não há. Esse sol só pode nascer dentro de nós. Está-me seguindo, completo?

Vamos pelas partes. De quem o senhor se desconfia? De mim? Você desconfia da prostituta? Vê-se bem que você nunca foi puta. Sem ofensa. É porque essa estória das explosões só vai contra as vantagens dela. Aquilo é um desnegócio para ela.

Analise bem: o que é que resta dos explodidos? Uma perna? Um olho? Uma orelha? Só sobram as pichotas dos gajos. Sim, o resto se evapora. Já me foi visto homem sem pila. Mas, agora, pila sem homem, me desculpe. O senhor me olha, ziguezangado. Pergunto-lhe ainda: alguém consegue tirar a água toda do mar? É o mesmo, mesmérrimo. Não se tira o sangue todo de um corpo. Então lhe inquiro mais: por onde foi esse sangue dos arrebentados? Por onde, que nunca sobrou nem gota? O senhor que é branqueado, o senhor não conhece as respostas.

Ainda lhe digo mais. Essa Ana Deusqueira, ela é quem implementa os funerais das pilas. Sim, ela é que lhes carrega e lhes faz o digno enterro. A fulana, coitada, tem o juízo roto. Cada pila a menos é mais um luto para ela, ela fica viúva em cada explosão. Agora, a gaja já semeou um cemitério completo. As campas variam de tamanho, só ela sabe o onde de cada uma. Falo por experiência certa, com esses olhos que hão-de comer a terra. As pilas foram enterradas como manda a lei daqui: viradas para poente, deitadinhas de lado. Os tomates todos inteirinhos, cada um ao lado do outro, seu irmão gémeo.

Estou quase terminando. Só adianto um aviso: quando caminhar olhe bem onde pisa. Eu lhe fiz o likaho de cágado para lhe proteger. Mas você nunca, mas nunca, pise qualquer maneira. A terra tem seus caminhos secretos. Está-me dar entendimento? O senhor lê o livro, eu leio o chão.

E, no fim, só um conselho. É que há perguntas que não podem ser dirigidas às pessoas, mas à vida. Pergunte à vida, senhor. Mas não a este lado da vida. Porque a vida não acaba do lado dos vivos. Vai para além, para o lado dos falecidos. Procura desse outro lado da vida, senhor.

Falei. Só falta fechar minha fala. Já que ninguém me deseja as boas felicidades eu mesmo me desejo: que eu viva mais que o pangolim que cai do céu sempre que chove.

15
A ÁRVORE DO TAMARINDO

Quem voa depois da morte?
É a folha da árvore.
Dito de Tizangara

Não resisti. Regressei à minha velha casa, e ali, sob a sombra do tamarindo, me deixei afogar em lembranças. Olhei a imensa copa e pensei: nunca fomos donos do tamarindo. Era o inverso, a árvore é que tinha a casa. Se estendia, soberana, pelo pátio, levantando o chão de cimento. Eu olhava aquele pavimento, assim enrugado pelas raízes, se erguendo em placas, e me parecia um réptil mudando de pele.

O tamarindo mais sua sombra: aquilo era feito para abraçar saudades. Minha infância fazia ninho nessa árvore. Em minhas tardes de menino, eu subia ao último ramo como se em ombro de gigante e ficava cego para assuntos terrenos. Contemplava era o que no céu se cultiva: plantação de nuvem, rabisco de pássaro. E via os flamingos, setas rapidando-se furtivas pelos céus. Meu pai sentava em baixo, na curva das raízes, e apontava os pássaros:

— *Olha, lá vai mais outro!*

O flamingo parecia retardar sua passagem. Depois, minha mãe nos chamava; a mim para baixo e a meu pai para dentro.

— *Esse homem, esse homem* — lamentava ela.

— *Deixe o pai, mãe.*
— *É que eu carrego tão sozinha as nossas vidas!*

Nem sempre meu velho se desocupara, assim, em vastas preguiças. Houve um tempo que ele labutava duro, trabalhara com bichos lá nos matos longínquos. Contudo, o trabalho não lhe fora leal. Antes e depois da Independência ele colhera vastas amarguras. Depois, se arrumara naquele torpor, parado na curva do rio. Para tristeza de minha mãe, que suspirava:

— *Seu pai não tem comportamento.*

O velho Sulplício desvalorizava: sua mãe é como o grilo — tem alergia a silêncios. E se enganava ao pensar que ele nada fazia. Porque ele, consoante anunciava, andava azafamado.

— *Ando aprender a língua dos pássaros.*

Ele gostava era do maduro da manga verde. O Sol, dizia, amadurece de noite. Que fazer? Há coisas que fazem o homem, outras fazem o humano. E suspirava: o tempo é o eterno construtor de antigamentes. Por exemplo, ele. De seu nome Sulplício. Erro de seu destino — tinha sido polícia em tempo dos colonos. Quando aconteceu a Independência ele foi prateleirado, entendido como um que traíra os seus da sua raça.

Foi quando chegou a Tizangara esse Estêvão Jonas. Trazia uma farda lá da guerrilha e as pessoas o olhavam como um pequeno deus. Saíra de sua terra para pegar em armas e combater os colonos. Minha mãe muito se simpatizou com ele. Na altura, dizem, ele não era como hoje. Era um homem que se entregava aos outros, capaz de outroísmos. Partira para além da fronteira sabendo que poderia nunca mais voltar. Ele levara uma mágoa, trouxera um sonho. E era um sonho de embelezar futuros, nenhuma pobreza teria mais esteira.

— *Esse país vai ser grande.*

Minha mãe se recordava de ele declamar essa esperança. Quando nasci, já meu pai deixara a polícia de caça. E já Estêvão Jonas deixara de sonhar em grandes futuros. Morrera o quê dentro dele? Com Estêvão se passou o seguinte: a sua vida esqueceu-se da sua palavra. O hoje comeu o ontem. Com meu pai passou-se o oposto — ele queria viver em nenhum tempo. O resto eu não podia entender. Meu pai saiu de casa ainda eu era menos que um menino. Mas ele não se retirou da vila. Ficou na margem, junto à curva do rio. No mesmo caniçal onde padre Muhando descobrira o seu lugar sagrado. Sempre que o encontrava, meu velho parecia distante. Ele se irreconhecia. Não suportava que lhe perguntassem sobre a sua disposição. Logo ele, amargo, culpando o mundo:

— *E a terra, a nossa terra, alguém já perguntou se ela se está sentindo bem?*

Sulplício amava Tizangara com dedicação de filho. Com o alastrar da guerra muitos fugiram para a capital. Mesmo as autoridades escaparam para lugar seguro. Estêvão Jonas, por exemplo, se apressara em se refugiar na grande cidade. Ao contrário, meu pai sempre anunciou: só sairia do seu refúgio depois de os morcegos lhe abandonarem o telhado. Ele se colara às paredes como um musgo.

Agora, sob a grande sombra do tamarindo, eu fechei os olhos e convoquei saudades. Me apareceu o quê? Um pátio, mas que não era aquele. Porque nesse terreiro havia uma criança. Nas mãos desse menino minha lembrança tocava umas tristezas, coisitas tiradas num lixo. Artes da meninice era fazer dessas coisas um brinquedo. Apetrechos de mago, ele convertia o cosmos num jogo de desmontar. E era qual esse brinquedo? Isso, em meu sonho, eu não conseguia distinguir. Apenas me surgia a enevoada memória da criança escondendo o brinquedo entre as raízes do tamarindo.

Abri os olhos, no estremunho de um ruído. Era meu pai que se achegava.

— *Está à procura de quê?*

— *De um nada.*

Me fez um gesto para que esperasse. Ele se abaixou entre os ramos e retirou uma qualquer coisa.

— *Será isto aqui que você procura?*

Sim, era meu velho brinquedo. Me aproximei devagar, para destrinçar o objeto. E afinal, já em minhas mãos, adivinhei seu formato: era um flamingo. Entre arames e panos eu construíra o animal voador que minha mãe fantasiara em sua estória. O brinquedo parecia agora sobrar em minhas mãos. Lancei o boneco nos ares e as penas brancas e rosa se espalharam nos ares, demorando uma eternidade a tombar. Meu velho apanhou uma dessas plumas e acariciou-a entre os dedos.

Aquele reencontro com minha infância me emprestou inesperada coragem e a pergunta me saiu, sem preparo:

— *Eu sou mesmo seu filho?*

— *É filho de quem então?*

— *Não sei, a mãe...*

— *As mães, as mães. Que é que ela lhe falou?*

— *Nada, pai. Ela nunca me contou nada.*

— *Pois eu lhe vou dizer uma coisa...*

E calou-se. A sua voz se engasgou, parecia ter desistido em meio da garganta. Tentou recomeçar, mas redesistiu. Passou a mão pelo pescoço como se limpasse a voz pelo lado de fora. No enfim de um infinito, ele voltou a falar:

— *Você é meu filho. E nunca volte a duvidar.*

Batia com os dedos sobre os lábios, a lacrar o dito. Até me podia contar como eu fora concebido. Eu não fora gerado logo inicialmente, no início do casamento. Nem de uma só vez. Quando ele e minha mãe namoravam, sempre que o faziam, o céu se desabava em chuva. Debaixo do dilúvio, o casal se prosseguira amando. Faz conta não houvesse mundo nem chuva. Tinham suas razões: pois há ininterruptos anos que eles vinham fabricando seu único primeiro filho. Amavam-se sem paragem. De cada vez que seus corpos se cruzavam, diziam, estavam fabricando mais uma porção do corpinho do vindouro.

— *Esta noite vamos fazer-lhe os olhos.*

Como fosse esse o produto dessa noite, eles escolheram fazer amor sob o inteiro luar. Escolheram um descampado bem debaixo da lua. E assim fizeram, iluminados, dando seguimento à confecção do menino. Quantos tempos andaram nisso? Se encolhiam os ombros: um menino completo pode demorar mais que a vida.

— *Está-me entender, filho? Você foi concebido em toda minha vida.*

A suspeita me assaltava: Sulplício imaginava aquela estória, naquele preciso momento. Me fabricava descendente. Se eternizava, fosse em ilusão. Porém, eu aceitava. Afinal, tudo é crença. De repente, ele mudou o assunto, cento e oitenta graus:

— *E o estrangeiro?*

— *Massimo? Ficou na pensão.*

— *Não deixe nunca que ele mande em si.*

Eu que andasse com ele, porque andar com um branco me podia acrescentar respeitos. Mas ser mandado, isso nunca. Mesmo os brancos do passado nunca governaram. Nós apenas lhes demos, com nossa fraqueza, a ilusão que nos governavam.

— *Nem estes de agora, estes nossos irmãos, colonos de dentro, mandam como pensam.*

De repente, se cansou de fiar conversa e fez questão em se retirar. Antes, me avisou:

— *Deixaram aí em cima da mesa umas papeladas para si.*

— *Quem?*

— *Esse vigarista do Chupanga. Disse que não queria deixar na pensão por causa desse italiano.*

Abri o envelope. Pela primeira vez, senti o medo me invadindo ao ler o escrito do administrador. Como se as palavras dele me espiassem a mim.

16

O REGRESSO DOS HERÓIS NACIONAIS

A urina de um homem sempre cai perto dele.
Provérbio

Camarada Excelência

O obséquio deste relatório é a urgência da situação nesta localidade, no âmbito dos explosivos acontecimentos e dos acontecimentos explosivos. A situação em si é muitíssimo gravíssima, fora do controlo das estruturas político-administrativas. Suspeitamos a sabotagem do inimigo, muito-muito para nos desacreditar em face da comunidade mundial. Ainda desconfiei desse padre Muhando. Até esteve, a meu mando, aprisionado. Mas ele não é capaz de nada. Suspeito, sim, de Ana Deusqueira cuja existência tem feito muitas despesas no coração das massas populares. Essa mulher, aliás, merece um parágrafo.

Ela é uma má-vidista, mulher de pronto-pagamento, cujo corpo já foi patrocinado pelo público masculino em geral. Mesmo sobre a minha vida essa cuja Ana já espalhou confusão, criando tristes dicências sobre a minha digna conduta. Esses boatos atravessaram a vila e os bairros de caniço. É verdade, mesmo os caniceiros costumam de comentar-me. É como o Camarada Sua Excelência muito bem diz: os vulgares trazem feridas nas costas, os chefes as trazem na testa. Qual o propositado objetivo dessa Ana? Para mim é vingança. Não esqueçamos que ela foi presa e transferida para um campo de reeducação, aquando da Operação Produção. Ou pode ser um caso comigo, envolvimento mal resolvido. Desses: amor com amor se apaga.

A minha respectiva Ermelinda não para de insistir que eu prenda Ana Deusqueira. Minha esposa dedica muitíssimo ódio à tal mulher. Para ela tudo está claro: a prostituta é que faz acionar os rebentamentos. Que eu sei e que desfaço de contas que não há provas. Todavia, pergunto eu: chego e calabouço-a assim, como se o nosso país fosse terra de direitos desumanos? Ainda por cima com o nariz dessa malta estrangeira por aí a cheirar-nos?

Estou preocupadíssimo, a ponto de panicar. Esse italiano, esse padre, o feiticeiro mais todas essas maltas. O que querem? Onde vão parar? Noutro dia até tive um sonho. Nós fazíamos as cerimónias chamando os nossos heróis do passado. Vieram o Tzunguine, o Madiduane e os outros que combateram os colonos. Sentámos com eles e lhes pedimos para colocar ordem no mundo nosso de hoje. Que expulsassem os novos colonos que tanto sofrimento provocavam na nossa gente. Nessa mesma noite acordei com Tzunguine e o Madiduane me sacudindo e me ordenando que me levantasse.

— Que estão fazendo, meus heróis?
— Você não pediu que expulssássemos os opressores?
— Sim, pedi.
— Pois então estamos expulsando a si.
— A mim!?
— A si e aos outros que abusam do Poder.

Viu? Esse foi o sonho, uma vergonha. Pois também o

Camarada Excelência entrava nele. Pontapeado, como eu. Os resistentes da nossa gloriosa História chutando-nos fora da História? Mas o mais grave, nesse pesadelo, foi o seguinte: os heróis ameaçaram meu enteado Jonassane que, se ele não devolvesse as terras que ocupava, eles o fariam desaparecer dali. E não é que, no dia seguinte, já fora do sonho, em plena vida real, meu enteado não dava aparecimento? Parece, afinal, que o moço fugiu para o país vizinho. E pior: carregando parte das minhas economias. Isto é obra de forças explicáveis?

E agora, Excelência, me desculpe muitíssimo, mas eu vou-lhe fazer uma autocrítica. Porque, afinal, nós andamos a gritar blasfémias contra os antepassados. Estou a falar: é que, de outra maneira, não se entende como desataram acontecer coisas que ninguém pode acreditar. Por exemplo, a semana passada um burro-macho deu parto uma criança. Nasceu uma pessoa de pele e pelo, como eu e a Excelência. Ou perdão, nem vale a pena misturar o seu devido nome com assunto de burros e não burros. Contudo, aconteceu, assim mesmo, um bebé nascido de um bicho. E ainda mais estranho: a criança vinha calçada de botas militares. Foi um choque muitíssimo enorme. O jornalista local da rádio, o radiofonista, até queria dar a notícia, mas eu não autorizei. São coisas que dão vergonha em termos de civilização e da democracia. Para não falar do prestígio das gloriosas forças armadas, ali representadas por botas e desatacadores. Bem basta o diz que diz que nos vem dessa porcaria das explosões.

Fui chamado para comprovar a verdade do acontecimento do burro. Mas recusei. Confesso, Excelência: tinha receio. Não medo, receio. E se fosse tudo factualmente autenticada verdade? Como se pode combinar a explicação da coisa, conforme a atual vigência de ideias? Ou mesmo consoante a antiga conjuntura marxista-leninista? Sabe o que eu digo? O céu está em obras, só tem caído ferrugem lá das nuvens. Deus lhe perdoe, Excelentíssimo. Pergunto uma coisa, Excelência: o senhor anda a sonhar legalmente? Sim, os sonhos condizem-se na sua cabeça? É que comigo não. Acordo cheio de tiques e trejeitos. Lhe digo, por descargo de inconsciência: me converti num trejeitoso, pareço um desses xidakwas sem destino.

Analisei a sua última carta e concordo bastante com a sua esclarecida opinião: é um problema eu ser do Sul, não falar a língua daqui. Mas o facto de minha mulher ser uma legítima local me pode contribuir. Devido ao adiantado das linhas não me prolongo mais, saudando a sua firme liderança nos assuntos do Estado e as transformações capitalistas em curso a favor das massas populares.

P. S. — Em anexo, confesso: minha mulher, mesmo ela, já apresenta um comportamento um pouco-assim. Pois, uma dessas tardes ela foi assistir essas cerimónias das populações. Foi. Palavra da sua honra, Excelência. O ter ido já é grave. Mas não se limitou a assistir. Dançou, cantou, rezou. Verdade, Excelência, não foi ela que me disse, foi relatório dos seguranças. Chegou a casa era já adiantosamente noite, mostrando um cansaço muito lamentoso. Não disse nada, não comeu, não nada. De repente, soltou um suspiro e com voz que eu nunca lhe escutei disse:

— Marido, esta noite mais um soldado vai explodir!

E quer saber a maior? Foi meu dito, meu desfeito. Pois, nessa noite mesmo, consagrou-se mais um acidente com um desses nação-unidenses. O tipo esfarelou-se todinho, nem poeira dele sobrou, lavado seja Deus. Como eu interpreto tais atitudes? Já me ocorreu que Ermelinda estivesse metida no assunto. Mas essa suspeita veio e foi. Não posso imaginar-me dando prisão à mãe do filho de seu anterior marido.

Que posso eu fazer? Transferir a minha própria esposa para a capital? Declarar-lhe uma doença, interná-la no posto-saúde, com cinquentena? Estou escrevendo torto por linhas direitas, me desculpe os atrevimentos. Junto com o portador desta carta seguem os cabritos que me pediu e alguns garrafões de sura. São sete bichos e vinte e cinco unidades de bebida. Confira, por favor, para evitar tentação de desvios dos quadros médios.

17

O PASSARINHO NA BOCA DO CROCODILO

*Não me basta ter um sonho.
Eu quero ser um sonho.*
  Palavras de Ana Deusqueira

Entrei no quarto de Massimo e uma multidão de papeladas estava espalhada em todos os móveis.
— *Não me diga que desbotaram as letras outra vez?!*
— *Não.*
Me assaltou então um frio. O italiano empacotava suas coisas. Se retirava. Uma inesperada tristeza me sombreou. Eu já me afetuava ao estrangeiro?
— *Vai partir?*
O homem confirmou, apenas com um aceno de cabeça. Eu o espicacei: ia desistir, baixar as mãos da obra? Abandonava a sua ambição de promoção assim, no meio do caminho?
— *Que caminho?*
Eu não sabia responder. Ele tinha razão. Havia, quando muito, um labirinto. Mais tempo ali, mais ele ficaria perdido. Assim, arrumando suas roupas na mala, o estrangeiro parecia dobrar a sua própria alma. Num certo momento, parou, com um sorriso estranho. Por que se ria?
— *Você não diz que eu devia era contar estórias? Pois me lembro agora de uma.*

— Finalmente uma estória! Conte, Massimo.

— Não é uma estória, é uma lembrança. Recordei-me do que faziam com meu avô, quando ele envelheceu lá na Itália.

— O que faziam?

À noite levavam o velho à prostituta. Chamavam a meretriz à parte e lhe pediam para ela lhe dar ternura. Simples carinho sem anexos nem sexo. Afinal, o prazo do velho já passara. A meretriz que simplesmente cantasse para o adormecer. Assim combinavam com ela, sem que o velho se apercebesse. E pagavam ainda mais para que ela, no dia seguinte, corroborasse com a mentira do sucesso dele. Tanto vigor nem os mais jovens! Familiares e prostituta gabavam a frescura do velho, participando na farsa. O que sucedeu, com os anos, é que a moça se converteu e se dedicou, em exclusividade, ao idoso avô. Nunca mais nenhum homem lhe foi conhecido. Até que, um dia, a prostituta apareceu grávida. Ninguém levantava dúvida: a criança seria do avô.

— E você, Massimo, se lembra disto por quê?

— Essa criança sou eu.

Preferi nada dizer. Nem me parecia verdade, aquela confissão dele. Porque me entregava a mim aquele segredo dele? Mas o italiano prosseguia: que havia um destino, sim. Esse destino o tinha conduzido até ali, o tinha atirado para aqueles confins e lhe entregara, inclusive, uma prostituta que guardava segredos.

— A mão de um bom santo me protegeu.

Só agora avaliava essa proteção. Noites seguidas, ele não dormira com medo de estourar como os outros. Não sabia eu por que ele tinha sido poupado? Se ele ficara inexplodível era porque beneficiara de uma bondosa proteção. Sobrevivera graças a um amor.

— E acredita nisso, Massimo? Acredita nessas nossas coisas?

O importante não era a verdade do assunto. Contava era ter havido alguém que intercedera por ele. Essa era a única verdade que lhe interessava.

— E quem você acha que foi?

Acreditava ter sido Temporina. Seu coração lhe dizia isso. Eu sabia que a moça-velha não podia encomendar um feitiço. Nenhuma mulher pode chamar serviço de curandeiro sem chegar a ser mãe.

— Não foi Temporina. Foi outra.

Ele sorriu, certo que tinha sido Temporina. Continuou arrumando seus haveres. No momento, uma cassete lhe parecia sobrar. Lembrou-se: era um depoimento de Ana. Tinha ali uma gravação que ele sozinho registara. Numa tarde em que eu fora à administração o italiano visitara a prostituta.

— Afinal, você anda por aí sem mim? Sem o seu tradutor oficial?

O europeu se envergonhou. Começou a justificar-se, mas eu o dispensei da culpa. Massimo ainda hesitou. Porém, acabou ligando o gravador e os dois nos calámos a escutar a voz de Ana Deusqueira:

O senhor se cuide, Massimo Risi: a boca é grande e os olhos são pequenos. Ou como se diz aqui: o burro come espinhos com a sua língua suave. É que isto aqui é mais perigoso que o senhor pensa. Perigoso por quê? O senhor vai descobrir como o pato. Sim, como pato que descobre a dureza das coisas só depois de partir o bico.

É que no meio de tudo há sangue, mortos a quem não cobriram o rosto. Esses mortos dormiram no relento, impurificaram a noite. Para o senhor, com certeza, isso não traz gravidade. Aqui não é a morte, mas os mortos que importam. Entende? Ainda vai morrer mais gente, lhe asseguro. Não faça essa cara. Eu espero que a desgraça lhe passe nas suas costas, a si que me parece um homem bom.

Fui mandada para aqui pela Operação Produção. Quem se lembra disso? Atafulharam camiões com putas, ladrões, gente honesta à mistura e mandaram para o mais longe possível. Tudo de uma noite para o dia, sem aviso, sem despedida. Quando se quer limpar uma nação só se produzem sujidades.

Em Tizangara até me receberam bem. Esta gente se afastava, como não querendo ser contaminada. Contudo, não me maltrataram. No início eu me sentia como numa prisão, sem grades, mas cercada por todo o lado. Eu estava como o prisioneiro que encontra no carcereiro o único ser com quem trocar as humanidades. E pergunto: por que nos ensinaram essa merda de sermos humanos? Seria melhor sermos bichos, tudo instinto. Podermos violar, morder, matar. Sem culpa, sem juízo, sem perdão. A desgraça é esta: só uns poucos aprenderam a lição da humanidade.

Certa vez, fugi. Meti-me pelos matos até lá onde a floresta se despenteia mesmo sem nenhum vento. Fiquei tombada como morta, junto a uma ponte no leito seco do rio. Senti que chegava alguém, me levantava em seus braços. Eu estava leve como entranha de morcego. Fui levada para uma casa linda, nem meus olhos haviam sido ensinados a contemplar tais belezas. Nunca identifiquei quem me tratava: eu estava exausta, tudo me chegava entre névoas e tonturas. Depois me deixaram na igreja quando eu já podia comigo. Hoje, creio que foi tudo sonho. Essa casa nunca houve. E, se houve uma tal casa, ela ruiu, desabada em poeira sem lembrança. É que todas as mulheres do mundo dormem ao relento. Como se todas fossem viúvas e se sujeitassem aos rituais da purificação. Como se todas as casas tivessem adoecido. E o luto se estendesse por todo o mundo. Às vezes, em breves momentos de alegria, nós fazemos de conta que repousamos sobre esse teto perdido. Às vezes me parece reencontrar essa voz que me salvou, essa casa que me abrigou.

Estes poderosos de Tizangara têm medo de suas próprias pequenidades. Estão cercados, em seu desejo de serem ricos. Porque o povo não lhes perdoa o facto de eles não repartirem riquezas. A moral aqui é assim: enriquece, sim, mas nunca sozinho. São perseguidos pelos pobres de dentro, desrespeitados pelos ricos de fora. Tenho pena deles, coitados, sempre moleques.

Assim, aprendi minhas sabedorias: passo como penumbra no poente. Sou pessoa muito cabida. Como aqueles passaritos que comem na boca do crocodilo. Lhe aparo sujidades nos dentes e ele me aceita. Me protejo fazendo morada no centro do perigo. Minha vida é um acerto de favores, um negócio entre dentes e maxilas dos matadores.

Aprenda isto, amigo. Sabe por que gostei de si? Foi quando lhe vi atravessar a estrada, o modo como andava. Um homem se pode medir pelo jeito como anda. Você caminhava, timiudinho, faz conta um menino que sempre se dirige para a lição. Foi isso que apreciei. O senhor é um homem bom, eu vi desde-desde. Lembra que falei consigo no primeiro dia da sua chegada? Lá de onde o senhor vem também há os bons. E isso me basta para eu ter esperança. Nem que seja só um. Unzinho que seja, me basta.

Ao vê-lo, logo no primeiro dia eu disse para mim: este vai-se salvar. Porque aqui você precisa de calar a sua sabedoria para sobreviver. Conhece a diferença entre o sábio branco e o sábio preto? A sabedoria do branco mede-se pela pressa com que responde. Entre nós o mais sábio é aquele que mais demora a responder. Alguns são tão sábios que nunca respondem.

Faz bem, Massimo: não aspire ser centro de nada. A importância aqui é muito mortal. Veja, por exemplo, essas avezitas que pousam no dorso dos hipopótamos. Sua grandeza é o seu tamanho mínimo. É essa a nossa arte, nossa maneira de nos fazermos maiores: catando nas costas dos poderosos.

Desculpa, tenho que interromper essa minha declaração, mas você me está atrapalhar. Está-me olhar assim, por quê? Me está desejar, não é Massimo? Mas não pode ser. Com você não pode ser. Se me tocar você vai morrer.

— Eu sei me prevenir, trouxe o preservativo.

— Não é isso. Esta é outra doença.

— Então morro como?

— As mulheres aqui foram tratadas...

— Tratadas como?

— Deixe isso, Massimo. Deixe, depois alguém lhe há-de explicar tudo.

Quem sabe, mais tarde, nos encontraremos, longe de tudo isto? Agora, vou só lhe contar como sucedeu naquela noite com o zambiano. Nunca contei isto a ninguém, você é o primeiro a saber o que aconteceu. Pois, esse soldado me visitou sem nenhumas maneiras. O homem nem perdeu tempo com beijo. Você sabe como é a minha gente. Me subiu assim, sem preparo, mais salivoso que cachorro. E ali se serviu, todo por cima de mim, completamente nu, exceto a boina na cabeça. Transpirado, aguando-se pela pele, ia gemendo, arfalhudo. Suspiros e gemidos iam crescendo, cada mais frequentes, eu já aliviada por ver a coisa a terminar. Foi nesse instante: em vez de se vir, o tipo rebentou-se, todo estampifado. Me assustei, quase de morrer. Fechei os olhos. Eu já tinha ouvido falar disso, dos estrangeiros explodirem quando montam nas meninas. Porém, nunca tinha acontecido comigo, nunca. Eu não queria nem abrir os olhos, ver a sangraria toda espalhada, tripas dependuradas nos candeeiros. Mas, afinal, não tive que limpar nada. O homem explodira como um balão. Aquele vivente se tinha espatifurado sem vestígio.

E agora se vá. Vire costas e não volte para trás. Nem me espreite. Pois você me veria lhe deitando olho desejoso. Vá, que um outro tempo nos há-de visitar.

18

A MANUSCRITA VOZ DE SULPLÍCIO

> *Que eu queria era falecer vítima da melhor receita da vida: — bebida certa e mulheres erradas.*
> Depoimento de Sulplício

Nessa manhã meu pai chegou quando Massimo ainda dormia. O velho se intrometeu no meu quarto e espreitou tudo como um cachorro farejando desconfianças. Parou junto à mesa onde o italiano deixara o gravador.
— *É esta máquina que fotografa as vozes?*
— *É.*
— *Que vergonha, meu filho. Que vergonha.*
— *Que vergonha o quê?* — perguntei.
Para ele era claro: como podia eu estar a capturar as palavras dos meus compatriotas numa caixa daquelas? Dentro daquela caixa que destino teriam as nossas vozes? Quem assegurava que aquilo não seria para fazer feitiços, lá na Europa? Feitiços contra nossa pobre terra, já tão martirizada.
Me decidi conceder alguma explicação. Meu velho estava fora das modernidades. Tizangara era muito longe, ele era muito remoto. Mas, para surpresa minha, mesmo antes de eu começar minha explanação, meu pai me pediu que ligasse o gravador.
— *Liga lá essa porcaria dessa máquina.*

— Para quê, pai?
— Quero ver minha voz escrita aí.

E Sulplício falou. Pedi-lhe que se aproximasse do microfone. Ele disse que não daria tais confianças à máquina. Que sua voz era forte. E falou para mim as inesquecíveis palavras. O que ele disse, ficou registado. Superando os receios de maldosos aproveitamentos. Eis suas palavras:

Para si, meu filho, para si que estudou em escola, o chão é um papel, tudo se escreve nele. Para nós a terra é uma boca, a alma de um búzio. O tempo é o caracol que enrola essa concha. Encostamos o ouvido nesse búzio e ouvimos o princípio, quando tudo era antigamente.

A primeira minha lembrança são os homens caçando o flamingo. Nós vivíamos na margem dessas lagoas, lá onde pastam as grandes aves. O seu avô nos levava a mim e seu tio para caçarmos. Ensinava-nos a sermos homens, com sua carga de crueldade. Meu tio ficava escondido por detrás de uma árvore de mangal. Na sua mão vigorava um pau comprido. Meu pai se afastava, minusculado no longe, além das salinas. Eu via-o neblinar-se além dessa mancha rósea, a fumegação do meio-dia ia fazendo de tudo uma miragem.

De repente, seu avô batia as palmas e corria, aos berros para enxotar os bichos. Flamingo veio depois do avião? Pois ele não se ergue no ar, em imediata ascensão, igual os restantes pássaros. Eles de si se arrancam para se tornarem aéreos. Também aqueles flamingos hasteavam seus pescoços, desfincavam os pés, deflagravam suas longas pernas pelo pântano. O chão amolecido parecia rejeitar as velocidades, amortecendo a chegada da morte.

E lá vinha a pernaltaria, descomedindo-se na fuga. E meu tio se aprontando, no encoberto do tronco. De repente, o pau cortava o ar, vuááááá, e era pau contra pau, se escutava o embatimento, as pernas da ave descobrindo súbitos novos joelhos e se abatendo como o fino arbusto perante o relâmpago.

Já derrubado, o pássaro semelhava uma longa fita rosa se contorcendo em lençol de cinza. Na agonia, as plumas brancas se iam acinzentando, o pescoço vertido em serpente cega.

Meu tio saía aos gritos da árvore. Eu ficava especado a assistir àquela tristeza. Meu pai acorria e mandava:

— Kufa mbalame!

Era ordem de matar o pássaro. Nas mãos de meu irmão, o pau cumpria o mandato, o bicho se derradeirava. Aquele golpe se anichava em minha alma. O pássaro morria em mim. O pior, contudo, ainda estava por vir. À noite, eu era obrigado a comer aquela carne. Meu pai achava que me faltava dureza, prontidão de matar. Devia então comer aquele destroço. Para ser homem. Recusava-me.

— Come lá, pá, faz conta que é peixe.

E batia-me. Até eu fingir que, no escuro, mastigava aquela carne. Numa dessas noites eu amaldiçoei meu velho. E sabe o quê? Ele faleceu aquela noite. Ainda ouvi os gritos, todo ele tremia, saía uma espuma verde de sua boca. Meu tio me culpou, transferiu toda a raiva dele para cima de mim. Desde então me perseguia, diminuindo minha estima:

— Esse aí é um quanto e tanto mulherado.

Eu me sentia frágil, perseguido por essa vergonha. Matar os flamingos era uma prova de macheza em que reprovara. E fiquei acabrunhado, inferior, cabisbaixi-

to. Até que conheci sua mãe e ela me salvou desse fundo sem fundo. Os homens são assim, fingidos de força, porque têm medo. Ela me tocou, leve, e disse:

— Você é forte, não precisa provar nada para ninguém.

Ela então inventou a estória do flamingo. Disse que era uma lenda, lá nas suas origens. Mas era mentira. Ela mesma inventara, só para acalmar meus fantasmas.

Meu pai se calou. Estava emocionado, uma saudade lhe atravessava a garganta. Saiu e ficou na varanda olhando a noite. De onde estava me falou:

— *Agora volta atrás e ponha isso a tocar. Quero-me ouvir.*

Deixei o gravador reproduzir suas tão recentes palavras que até pareciam eco. Ele se ouviu, maravilhado, acenando a cabeça em constante anuência. No fim, reforçou ordem com ordem:

— *E não quero esse italiano a escutar as palavras. Ouviu? Ainda não confio cento por cento nesse fidamãe.*

— *Mas pai, esse italiano nos está ajudar.*

— *A ajudar?*

— *Ele e os outros. Nos ajudam a construir a paz.*

— *Nisso se engana. Não é a paz que lhe interessa. Eles se preocupam é com a ordem, o regime desse mundo.*

— *Ora, pai...*

— *O problema deles é manter a ordem que lhes faz serem patrões. Essa ordem é uma doença em nossa história.*

Dessa doença, segundo ele, se refazia em nós essa divisão de existências: uns moleques dos patrões e outros moleques dos moleques. A aposta dos poderosos — os de fora e os de dentro — era uma só: provar que só colonizados podíamos ser governados.

— *Você disse, há pouco, que eu não era moderno.*
— *Foi sem ofensa, pai. Referia-me ao gravador...*
— *Antigamente queríamos ser civilizados. Agora queremos ser modernos.*

Continuávamos, ao fim ao cabo, prisioneiros da vontade de não sermos nós. O velho Sulplício, no momento, parecia demasiado palavroso. Receou estar a esbanjar pensamento. E, depois de uma pausa, acrescentou:

Desmanche a minha voz daí, não quero brincadeiras.

19

AS REVELAÇÕES

Quem veste o hipopótamo é a escuridão.
Provérbio

No dia seguinte, muito cedo, o italiano saiu com Temporina. Ia ao rio se despedir do padre Muhando. Decidi ir a casa do administrador para o informar que o delegado da ONU se preparava para retirar. Porém, logo à entrada deparei com a enorme confusão. Havia gritos, barulho de gente brigando. A porta estava entreaberta, entrei sem nenhuma licença. Na sala estavam Estêvão Jonas, Chupanga e Ana Deusqueira. Nenhum deles reparou em minha presença.

Estêvão Jonas segurava Ana Deusqueira por um braço. A puxava contra si para depois a empurrar contra a parede. E gritava: puta, puta, puta! Que a mandava prender, acusada de culpa pelas mortes estrangeiras. Chupanga pedia calma. Já a prostituta no chão e o pé do administrador voou na direção dela. Ana Deusqueira, inclinada sobre um braço, ergueu o rosto e gritou:

— *Você é uma merda! Vou-te denunciar!*

Outro pontapé. Ana ia sangrando, o rosto dela perdia contorno. Tornei-me visível, a ver se parava a violência. O administrador me olhou espantado. Me ia ordenar, certamente, que eu saísse. Contudo, a voz de Ana Deusqueira se sobrepôs:

— *És tu que estás a matar pessoas. És tu, Estêvão Jonas!*
— *Cala-te!*
— *Tu é que mandas colocar as minas! Tu é que matas os nossos irmãos.*
— *Não escute, ela é doida* — disse ele para mim.
— *Eu vi-te a semear as minas, eu vi...*

Estêvão chegou ao limite. Ordena a Chupanga:
— *Despachem essa gaja!*
— *Você, Jonas, não toca nessa mulher!*

A ordem vinha da porta. Todos nos virámos para deparar com Ermelinda, mãos nas ancas. Estêvão até esfregou os olhos, ante a visão. A esposa, desta feita, se figurava mesmo como uma dama, a primeiríssima. E a ordem dela voltou a imperar:

— *Não toca nessa mulher!*
— *Você, Ermelinda, se meta fora disto. E você, Chupanga, não ouviu minha ordem? Me despache este embrulho.*
— *Não se mexe, Chupanga* — contracomandou Ermelinda.

Chupanga, estranhamente, ficou parado. Pela primeira vez, desobedecia ao chefe? Estêvão assistia àquilo, atónito. A Primeira Dama atravessou a sala e se ajoelhou junto de Ana Deusqueira. Lhe passou a mão sobre a cabeça e disse:

— *Você vai ficar boa, minha irmã!*

Os olhos de Ana eram duas janelas de espanto. Como se ela, por fim, recordasse aquela voz que ela buscava no passado, o enevoado ser que já lhe dera a bênção de reviver. Afinal, tinha sido a própria Ermelinda quem a recolhera e dera a primeira guarida em Tizangara.

A prostituta encolheu o pescoço para se render à carícia da outra e as duas choraram. Os homens, nós, escutávamos em silêncio. Elas eram donas, exclusivas, do que ali se passava. Ana se ergueu amparada por Ermelinda. Enquanto se internavam na sala se escutou a voz da Ermelinda:

— *Você saia desta casa, Estêvão.*
— *Sair da minha casa!? Para ir para onde?*
— *Vá ter com Jonassane. Eu nunca mais quero ver-lhe.*

E as duas mulheres saíram. Chupanga chamou o administrador para um canto e ficaram segredando-se, por uns longos minutos. Certamente se interrogavam sobre a inesperada viragem de Ermelinda. Eu adivinhava a explicação: a mulher seguia conselho de Zeca Andorinho. Sim, porque, para eles, ideia de mulher se explica em cabeça de outro homem. De repente, o adjunto se ergueu e despediu-se. Virou-se para mim e convidou-me a sairmos juntos.

Chupanga estava apressado. Me ordenou que regressasse à pensão, para junto do estrangeiro. Meteu-se no carro e acelerou-se por entre poeiras. Eu fui seguindo a pé, pelos atalhos, até ao rio. Encontrei Massimo com o padre Muhando. Temporina estava sentada, junto ao tronco. Contei o que se passara. De imediato, Temporina tomou a decisão: foi à casa da administração. Ia apoiar Ana Deusqueira, juntar-se às outras mulheres. Elas, em si, compunham uma outra raça.

Ficámos calados, enquanto o padre Muhando agitava o braço como se esmurrasse o ar.

— *Eu já desconfiava de tudo isso!*

Ele já tinha descoberto a marosca, mas os poderosos do lugar lhe prepararam a cilada. O plano era simples e suficiente — umas bastantes bebidas. O religioso, afinal, já entornava por gosto e devoção. Aproveitaram e escavaram fundo o vício do padre. Até o sacerdote se converter num desacreditado.

— *Entendeu agora, meu caro estrangeiro?*

Nas palavras do padre as congeminações pareciam tão claras quanto improváveis. Passava-se, afinal, o seguinte: parte das minas que se retiravam regressava, depois, ao mesmo chão. Em Tizangara tudo se misturava: a guerra dos negócios e os negócios da guerra. No final da guerra restavam minas, sim. Umas tantas. Todavia, não era coisa que fizesse prolongar tanto os projetos de desminagem. O dinheiro desviado desses projetos era uma fonte de receita que os senhores locais não podiam dispensar. Foi o enteado do administrador quem urdiu a ideia: e se aldrabassem os números, inventassem infindáveis ameças? Valia a pena. Plantavam-se e desplantavam-se minas. Umas mortes à mistura até calhavam, para dar mais crédito ao plano. Mas era gente anónima, no interior de uma nação africana que mal sustenta seu nome no mundo. Quem se ocuparia disso?

— *Mas depois veio esse desacontecimento!*

— *Qual desacontecimento, padre?*

A morte dos capacetes azuis. Terem explodido estrangeiros foi o que desmontou o esquema. O feitiço dos estrondeados prejudicou a trapaça. Se atraíram atenções indevidas. A verdade das minas pedia provas de sangue. Mas sangue nacional. Nada de hemorragias transfronteiriças. Perante o transbordar do escândalo, o administrador chamou o feiticeiro e deu ordem para que aquilo terminasse, de imediato. Mais nenhum soldado da ONU poderia desaparecer.

— *E Zeca Andorinho o que respondeu?*

Zeca mentiu, disse que aquilo era feitiço de fora. Que

eram fenómenos extralocais, comandados por forças maiores. E disse ele não tinha mão naquelas sobrenaturezas.

— E o que fazemos agora, padre Muhando?
— O senhor não é das Nações Unidas? O senhor nos devia salvar, senhor Massimo.

Massimo não reagiu à ironia. Tudo se misturava na sua cabeça: a decisão de se retirar, abandonar Tizangara, parecia posta em causa. Mas ele estava incapaz de pensar. Foi Muhando que opinou:

— Era bom apanhar esse malandro do administrador. Ele e o seu moleque Chupanga.

Repente, surgiu Temporina, correndo. Vinha alvoroçada, quase em tresloucura. Ela tropeçava nas notícias que trazia. Chupanga voltara à administração a apanhar Estêvão Jonas. Naquele preciso momento, o administrador seguia de carro, para se juntar ao enteado no país vizinho. Quando regressasse, Chupanga passaria pela barragem a cumprir a ordem.

— Que ordem?
— Eles deram ordem de rebentar a barragem.
— Rebentar a barragem? Para quê?
— Para que isto tudo fique inundado. Assim, se apagam as marcas dos seus crimes, essa estória de minas semeadas.

Olhámo-nos, surpresos. Se a barragem explodisse, os campos seriam engolidos pela água. A situação crescia, a pontos de irrealidade. Para aumentar a confusão, meu pai surgiu do lado do rio. Vinha com Zeca Andorinho e outros velhos. O coloquei ao corrente e ele, logo, deu instrução:

— Vá, meu filho, se apresse a evitar essa tragédia. Vá à barragem, antes que esse satanhoco lá chegue.

Fizemos menção de partir, de imediato. A fronteira era logo ali, além do rio. Chupanga não deveria demorar.

Uns tantos velhos se juntavam a mim. Massimo Risi também preparava suas coisas. Meu pai sentenciou:

— *Você vai, filho. Mas não leve esse branco.*

— *Eu quero ir* — disse, peremptório, o italiano.

— *Você não vai. Filho: eu lhe dou ordem. Esse branco fica!*

— *Por quê, pai?*

— *Porque este é um assunto que devemos resolver nós. Nós sozinhos sabemos e podemos tratar disto. Entende?*

O padre Muhando colocou o braço sobre o ombro do estrangeiro. Consolava-o daquela exclusão? Zeca Andorinho sacudiu a cabeça, como que a fechar assunto, e acrescentou:

— *Chega de pedirmos aos outros para resolver os nossos problemas.*

Preparei-me para sair. O feiticeiro iria comigo mais os outros que se juntaram. Nos organizámos em grupos. Uns iriam pelo rio avisando as pessoas das margens para que se retirassem. Outros iriam pela estrada tentando ganhar terreno sobre a ordem e impedir a desgraça. Meu velho me chamou e disse:

— *Leve esta pistola, mate-me esse Chupanga!*

Eu não tinha ouvidos para tais palavras. Matar? Sim, matar essa minhoca que não era gente. Neguei-me, sem sangue, sem voz.

— *Você não tenha coração que aquilo não é homem. Simples bicho.*

— *Mas o senhor, pai, não se lembra? O senhor nem o flamingo matou quando lhe foi mandado.*

— *Já disse, dispare nos miolos desse demónio. Até aqui o padre Muhando o abençoa. Não é, padre?*

Zeca Andorinho tomou posse: me sacou a pistola da mão e a enfiou no cinto. E disse:

— *Eu mesmo farei justiça* — apontando o revólver, acrescentou: — *Este será o meu melhor feitiço!*

O primeiro grupo se afastou. Ainda fiquei, atravessado por mil indecisões. Uma vergonha me toldava os passos. A mão de meu velho sobre meu ombro me despertou. O que ele me disse eu nunca esquecerei.

— *Ainda bem você não aceitou a minha ordem de matar. Fico contente.*

— *A sério?*

— *Agora, ainda sou mais seu pai.*

Não é que se use, nas nossas bandas. Mas abracei o velho Sulplício, com aperto e demora. Nem eu sabia se era despedida ou chegada. Com o braço me afastou. Ele não queria mostrar aquela fraqueza perante os outros.

— *Agora, você lembra as minhas palavras. Não se esqueça do carreirinho, esse que passa junto do morro de muchém. Se o mundo...*

— *O mundo não vai acabar, pai.*

— *O meu já acabou, filho.*

Massimo pediu que não partíssemos logo. Ele queria falar com Zeca Andorinho. Rogou um instante, breve e leve. Falou, aberto e alto:

— *Por favor, desenfeitice Temporina!*

Ele queria que Andorinho devolvesse a idade de sua amada. Todos nos calámos. O estrangeiro não sabia, mas aqueles não eram assuntos para serem trazidos à luz do dia. E insistia, receoso de não ser entendido:

— *Devolva-lhe a mocidade.*

Acreditávamos que o feiticeiro se indignasse, maus modos. Mas Zeca Andorinho, sorrindo, lhe respondeu:

— *Você já devolveu.*

E sugeriu: o estrangeiro fosse ter com ela e se despedisse. Pois ele nem pensasse em levar Temporina dali. A terra guarda a raiz da gente. Mas a mulher é a raiz da terra.

— *E olhe, olhe quem vem lá!?*

Parecia a coincidência: lá no primeiro risco do horizonte se via chegando Temporina, passo feliz, quase em miragem. O italiano não perdeu nenhum tempo. Logo se enveredou por um carreiro, solitário, e correu feito um coelho. Até que, súbito, o grito ecoou:

— *Pare, Massimo, esse caminho está minado!*

Massimo demorou a entender. Quando parou já ele se enfiara pelo atalho perigoso. Restou o pétreo silêncio. Tudo estancado. Nós de um lado, Temporina do outro. Ali, no invisível do chão, jazia o que o faria jazer. O estrangeiro congelado em meio da paisagem, pernas tremendo ante a fatalidade do chão. Ninguém sabia o que fazer. Ele já havia penetrado fundo no terreno. Para trás seria tão perigoso quanto para a frente. Salvá-lo — como podia alguém? De repente, Temporina soltou a estranha ordem:

— *Venha, Massimo. Venha ter comigo!*

Loucura do amor? Como podia ela convidar que ele arriscasse caminho? Padre Muhando contragritou:

— *Não se mexa!*

Deste lado, outras vozes fizeram coro. Que o italiano se deixasse quieto. Mas Temporina teimou, chamando-o com doçura:

— *Não lembra que lhe ensinei como pisar o chão? Pois venha, caminhe como lhe ensinei.*

Massimo demorou-se. Mas depois — seria crença? — ele começou a caminhar. Vagaroso, todo o corpo era um calcanhar, o pé e o antepé, passo sem pegada. E perante nosso assombro, Massimo Risi passou pelo terreno minado como Jesus se deslocou sobre as águas.

20

OS ESTRANHOS FILHOS
DOS ANTEPASSADOS

A cinza voa, mas o fogo é que tem asa.
Dito de Tizangara

Deixáramos a vila aquela noite. Risi ficou nos braços de Temporina, no quarto da pensão. Os homens da vila seguiam, na contracorrente do tempo, rio acima. Tentava-se evitar a tragédia. Um grupo partira de canoas. Eu seguia a pé, entre mosquitos e o escuro. Não fomos longe, afinal. Porque os que seguiam pela estrada apanharam Chupanga. Trouxeram-no a Tizangara, à presença de Zeca Andorinho e de meu pai. Todos nos concentrámos debaixo de uma grande figueira. Ele, afinal, não acionara o plano. Sua versão era só arrependimento: que voltara para trás, disposto a denunciar tudo. Que jamais ele obedeceria a tais ordens de Estêvão. Que há muito ele queria separar-se do poder. Com a chegada do italiano ele acreditara ser o momento para fazer cair tudo por terra.

— *Eu quis ou não falar com o italiano?*

Pretendia que eu confirmasse. Me guardei, calado. Me dava agonia aquela exibição de Chupanga.

— *Se você recusou obedecer, por que razão ia a caminho da barragem?*

Exatamente para prevenir que ninguém mais chegasse lá. Esse era o álibi. Meu pai se levantou e falou alto:

— Mate-me esse gajo, Zeca.
— Não. O italiano vai saber que me mataram.
— E depois?
— Depois, vocês têm que respeitar os direitos humanos.

Risos em volta. Chupanga começou a chorar. Pediu clemência. Afinal, ele até não cumprira o que Estêvão lhe mandara. E até, verdadeiramente, ele planeava criar uma força política de oposição. Sim, o país, o futuro, o mundo internacional: tudo exigia maiores democracias. E ele tinha nascido para a política, era vocação de berço. A nova força política estava já congeminada. Virando-se para meu velho, Chupanga disse:

— Até já tinha pensado em lhe oferecer a responsabilidade aqui da seção de Tizangara. Você tem aceitação das massas.

Por um momento, esperei ouvir o vozeirão de meu pai. Aquilo ultrapassava sua capacidade de escutar. Porém, para meu espanto, ele respondeu com tom manso:

— Você não entende, eu só aceitaria se ficasse a dirigir mais alto.
— A nível da província?
— Mais alto.
— Da nação?
— Mais alto, muito mais alto.

Os outros acreditaram ser mania de grandeza. Contudo meu pai, só eu sabia, referia-se a outras dimensões, a outra altura. Essa inatingível, onde nem homens nem suas infelicidades se distinguem.

Zeca fez sinal a meu pai. Entendi: aquilo era a impura maldade. Perdoavam a vida do miserável. Mas ele que no dia seguinte tirasse dali a Primeira Dama. E a levasse para junto de Estêvão. Chupanga retorquiu que Estêvão não queria reaver sua esposa. Até porque ele tinha, lá do outro lado da fronteira, uma outra mulher que ele há muito alimentava.

— *Exatamente por isso. É o castigo que lhe entregamos.*

E se dispersaram, todos. Eu fiquei só com meu pai. Nos acomodámos na varanda de nossa velha casa. Era noite. Partilhámos uns nacos de pão, bebemos um chá.

— *Não conte nada disto ao italiano.*

Perguntei se ele, agora, encarava melhor o estrangeiro. Sulplício permaneceu calado. Ele chutou um desses insetos que se deixam fascinar pelas luzes. O bicho se imobilizou.

— *Morreu?*
— *Só está fingir.*

E então ele se comparou. Há os que se fazem de mortos em momentos difíceis. Ele fazia-se de vivo. Porque quase todo ele tinha sido levado por uma morte. Só restava uma parte de si, deste outro lado. Não era o estrangeiro que lhe importava. Éramos nós, a família desfeita.

— *Sabe, estes dias consigo me deram grande vontade de reviver.*

O homem sem mulher, sem filho, é como quem não tem espelho. Ele ficara assim desleixado, desbarbado e cheirento porque estávamos longe. Não tinha quem se importasse por ele. Nem por quem ele se importasse.

— *Agora, lhe quero perto, filho. Lhe posso querer assim?*

Um nó nem me deixou responder. Ele entendeu minha fragilidade e prosseguiu, rápido para não se notar minha comoção. Afinal, eu era homem.

— *É que eu, assim deixado e desleixado, me lembro a própria nossa terra.*

Porque a nossa pátria não via em si o apreço de seus filhos. Eu já notara o destino de nossa terra? Fazia lembrar aquele homem que, de tanto ressuscitar, acabou morrendo. Eu que visse como haviam esburacado o nosso chão. Uns semeavam minas no país. Eram esses de fora. Outros, de dentro, colocavam o país numa mina.

— *Sabe, filho, o que é pior?*

— *E é o quê, pai?*

— *É que nossos antepassados nos olham agora como filhos estranhos.*

Meu velho puxava assunto demasiado para meu peito. Ele não percebia como, por vezes, eu não atingia o sentido de suas palavras.

— *Sabe o que dizia sua mãe? Que o melhor lugar para se chorar era a varanda.*

E tinha sentido: a varanda. À frente estava o mundo e seus infinitos; atrás estava a casa, o primeiro abrigo. Com um gesto largo, meu velho anunciava o final daquela conversa. À entrada da porta anunciou:

— *Pode dizer a esse seu amigo estrangeiro que amanhã lhe vou mostrar o que aconteceu com os soldados explodidos.*

— *Verdade, pai?*

Acenou que sim e entrou para seu quarto. Me satisfiz por Risi. Afinal, ele conseguiria levar a bom termo a sua missão. Me deixei adormecer. O que sonhei até doeu. Tanto que acordei com o peito sufocado. Pedaços do sonho se misturavam com lembranças. Tudo aos bocados, misturado. Não explodira eu, rebentara meu sonho. Eis o que restara, entre lembrança e delírio, nessa noite: nesse sonho eu estava sentado no morro de muchém, o último lugar do mundo. À minha volta tudo era água, transbordação de todos os rios. O morro era a única ilha em todo o horizonte. Ali e além se espetavam copas de árvores. Só nesses píncaros as aves encontravam pouso.

Posto assim, escanchado sobre o monte formigueiro, recordava a minha vida privada. O final de minha vida era, afinal, um regresso aos meus primórdios. Porque, ali onde me terminava, o último lugar do mundo, tinha sido o primeiro local da vida. Eu estava fechando um ciclo. Tinha sido num morro como aquele que minha mãe enterrara a placenta que, durante nove meses, fora meu embrulho. Essa minha primeira manta foi sepultada no lado poente de um morro como aquele. É uma certeza, em Tizangara: a termiteira é o umbigo da terra. E nós habitáramos sempre junto de um enorme morro de muchém. Ali, por detrás do carreiro que meu pai sugeria para fugir do fim do mundo, ali se erguia ele em desafio dos tempos. O morro de muchém fora um centro de minha existência. Havia ameaça de tempestade e meu tio se atarefava a recolher terra do morro.

— *Lá na igreja, o padre distribui água benta. Nós, aqui, temos é terra benta. Esta!* — dizia enquanto deixava escoar areia entre os dedos.

E espalhava a areia sobre a casa. Eu demandava de suas razões. Porém, ele evitava explicar grande coisa. Eu era uma criança, um ser a quem é vedado o entendimento dos sagrados. E aquela terra era assunto íntimo. Minha mãe foi quem me explicou:

— *Essa terra do morro é para impedir que o vento leve nossa casa.*

A areia do morro era uma âncora de terra espetada em nossa terra. Nossa casa era um barco amarrado em nosso destino. Não haveria rio nem vento. Minha mãe cumprira o mandato de ser mulher. Eu não cumprira o de ser filho. Daí a sua cegueira em mim. Não fosse a vida e, com certeza, eu seria mais tocável.

Agora, dezenas de anos depois, eu me sentava, solitário sobrevivente, nesse último resto de mundo. Passava por mim, na força da correnteza, chifre de boi, tronco de chanfuta, teto de palhota. Os restos de tudo, como se a terra inteira tivesse naufragado. Como se o rio Madzimadzi fosse o mar todo em desaguação.

Foi então que vi chegar como se fosse uma jangada. Vinha na corrente do rio, flutuando. Era, afinal, uma ilha sem raiz. Em cima, acenando com os braços, logo vi o moço tonto. Era ele que timoneirava a ilha. Aquela espécie de barcaça passou pelo morro de muchém sem parar. Eu gritei, parecia que me escutavam, mas não me viam. E ali na amurada da ilha se viam minha mãe, mais Tia Hortênsia. Os demais falecidos espreitavam, parecendo procurar por entre cacimbos. Eu me levantei gritando, em desespero. Mas eles não me viam. As palavras de meu pai me surgiram, com seu peso: os nossos antepassados nos olham como filhos estranhos. E quando nos olham já não nos reconhecem.

UMA TERRA ENGOLIDA PELA TERRA

Do que me lembro jamais eu falo.
Só me dá saudade o que nunca recordo.
Do que vale ter memória
se o que mais vivi
é o que nunca se passou?

Fala de Sulplício

Massimo Risi regressou a casa apenas ao fim do dia seguinte quando já escurecia. O tempo que passara com Temporina lhe acendera estrelas nos olhos. Eram estrelas, sim, mas em céu de tristeza.

Nessa noite, meu pai se adentrou no escuro após a refeição. Seguia para junto do rio, entre os capins mais altos. Pela primeira vez, eu o segui espiando, a espreitar a verdade de sua fantasia de pendurar o esqueleto. Foi então que, por trás dos arbustos, me surpreendeu a visão de arrepiar a alma: meu pai retirava do corpo os ossos e os pendurava nos ramos de uma árvore. Com esmero e método, ele suspendia as ossadas, uma por uma, naquele improvisado cabide.

Depois, já desprovido de interna moldura, ele amoleceu, insubstanciando-se no meio do chão. Ficou ali esparramorto, igual uma massa suspirosa, fosse uma informe esponja. Só os ossos das maxilas ele conservava. Para as falas, conforme depois explicou. Caso fosse preciso gritar, chamar urgente socorro.

Meu pai notou a minha presença e me olhou furioso. Depois, apontando o esqueleto suspenso, se urgentou:

— Não deixe esse branco chegar aqui. Não quero que ele me veja assim. Vá-me ver onde anda esse gajo.

O estrangeiro dormia, no aconchego da nossa velha casa. Suspirei, rosto erguido para a noite. Que fazíamos ali, em pleno mato, junto à curva do rio Madzima? De onde estávamos via-se a árvore do tamarindo, lá no quintal de nossa casa, e me arrepiei: do alto do mais alto ramo, uma coruja nos espreitava. A bem dizer, ela fazia olhos era em meu velho.

Agora, ali deitado, quase sem peso, meu pai me surgia frágil como caracol sem casca. Ele pareceu adivinhar meu juízo. Pediu-me que o empurrasse mais para junto da árvore do matumi. Queria ficar mais perto da suspensa ossatura. Cautelas suscitadas pelo susto da anterior noite: altas horas ele escutou ruídos. Estremunhou-se. E se uma hiena estivesse roendo os ossos? Doeu-lhe no corpo as partes que lhe faltavam. E era. Outrossim, eram. Não as hienas, próprias. Mas hienas inautênticas, bichos mulatos de gente. E para mais: suas cabeças eram as dos chefes da vila. Os políticos dirigentes desfilavam ali em corpo de besta. Cada um trazia nas beiças umas tantas costelas, vértebras, maxilas. Meu pai tentou erguer-se, escapar para longe. Mas assim, inesquelético e sem moldura interior, ele apenas minhocava, em requebros de invertebrado. Vendo a gente grande focinhando entre as ossadas ele ainda se perguntou: como é que engordaram tanto se já não há vivos para caçarem, se já só resta pobreza? Uma das hienas lhe respondeu assim:

— *É que nós roubamos e reroubamos. Roubamos o Estado, roubamos o país até sobrarem só os ossos.*

— *Depois de roermos tudo, regurgitamos e voltamos a comer* — disse outra hiena.

O que fariam comigo era vender a minha carne aos

leões vindos de fora. Elas, as hienas nacionais, contentar-se-iam com o esqueleto. De repente, deflagrou a tempestade e os monstros desapareceram. No chão, se espalharam os múltiplos ossos vindos de tantos e díspares corpos. Meu pai se arrastou, penoso, entre a caveiraria. Como distinguir os seus ossos dos demais? Osso é mais igual que pedra.

— *Eu sabia que eles nos queriam levar a alma. Mas os ossos...* — Sulplício parou a lembrança do sonho e disse, num outro tom: — *E agora é você quem vem me descobrir neste estado.*

— *Desculpe, pai. Eu nunca acreditei que o senhor fizesse isto. Sempre lhe deitei dúvida.*

— *Muita coisa eu fiz que você desconhece.*

Como ele sonhava melhor sem o peso da ossatura! O corpo desossado, dizia, parecia nuvem desenraizada.

— *Você devia fazer o mesmo, isto se aprende. A pessoa, assim, até se sonha.*

— *Mas, pai, deixar nossas intimidades em cima de árvore?!*

— *Quer pouso mais sagrado? Até lhe digo: vá já escolhendo bem a árvore, sua mais imortal companheira.*

Sorri com ele, com alguma tristeza de viés: tão poucas foram as vezes que divertimos juntos, eu e meu velho. Foi quando senti passos de Massimo Risi. O estrangeiro tinha acordado e saía de casa à nossa procura. Meu pai se apressou:

— *Rápido, me cubra com a manta!*

Atirei o cobertor por cima dele, escondendo seu desenformado corpo. O estrangeiro sentou-se e sacudiu a farda. Há poeiras que não se soltam ao sacudir da mão. Ao contrário, mais as sujidades se definitivam. O italiano, assim coberto de poeiras, parecia estar sendo comido pela terra. O homem olhou o escuro, nunca a noite lhe parecera tão imensa. Depois, ele perguntou:

— *Então, senhor Sulplício: vai ou não vai me explicar a razão dos desaparecimentos dos meus homens?*

— *Não sou eu que irei falar. Quem vai falar é este lugar.*

— *O lugar?*

— *Sim, este mesmo lugar. É por isso que viemos aqui, senão eu já tinha falado lá na vila.*

Meu pai explicou: ele só podia falar no lugar que lhe era sagrado, junto ao rio Madzima. Estávamos os três na margem, olhando o leito do rio. E o velho Sulplício se pronunciava:

— *Sigo o padre Muhando: neste lugar também eu converso com Deus.*

O italiano escutava como se nada entendesse. Abanou a cabeça e deu menção de se retirar. Por um momento, ainda olhou o meu pai com estranheza. A ruga em seu olhar me faz recear que suspeitasse da condição invertebrada dele. Mas o estrangeiro regressou à casa grande e, durante um tempo, ainda rebrilhou, através da cortina, a luz da sua vela.

Também nós, eu e meu pai, nos deitámos. Nos aconchegámos ao relento, embrulhados na noite. Num fechar de olhos, ele adormeceu. Ainda escutei o italiano se aproximando. Dentro de casa o calor era insuportável, ele preferia sofrer dos mosquitos. Trazia um saco e uma manta. Estendeu tudo no chão. O saco com suas coisas serviu de almofada. Não tardou a dormir. Depois, também eu tombei no sono.

Foi num súbito: acordei em sobressalto. É que no meu rosto senti o quente bafo das infernezas. Olhei para o lado e quase desfaleci: ali mesmo, onde estava a terra, não havia nada senão um imenso abismo. Já não havia paisagem, nem sequer chão. Estávamos na margem de um infinito buraco. Avisei o meu pai, e logo ele, em rebuliço:

— *Os meus ossos?*

Árvore: nem sobra, nem sombra. Os ossos tinham-se ido no vazio. Como a inteira paisagem, a casa, a vila, a estrada, tudo engolido pelo vácuo. Que se passara? Um homem faz um grande buraco, sim. Muitos homens fazem um buraco muito enorme. Uma cova daquela dimensão, porém, aquilo era obra da sobrenatureza.

Chamámos o italiano que se inacreditou: o país inteiro desaparecera? Sim, a nação fora todo engolida nesse vácuo. Face à última berma do mundo, perante a maior fenda que ele jamais vira, Massimo Risi se boquiabria.

— *Os meus relatórios!!? Onde estão os meus files?*

Não entendíamos seus grandes receios. Mas ele se explicou, quase em pranto: a pasta com seus relatórios estava na vila, na sala da administração. Sumira, como tudo o resto, na voragem do nada. Como explicar a seus superiores? Como relatar que um país inteiro desaparecera? Seria despromovido. Pior: internado por perigoso delírio.

O italiano se aproximou da margem do precipício. Lhe veio uma tontura, deu um passo atrás com as mãos cruzando a nuca. Parecia querer desmaiar. Meu velho falou:

— *Carreguem-me para longe desta berma. Aqui não estamos seguros.*

Eu e Massimo nos ocupámos do seu carrego. Meu pai pesava menos que saco vazio. Ainda por cima era todo deformável, tão gelatinhoso que as desirmanações dele escapavam entre os nossos braços.

— *Sou custoso de carregar, não é? É para saberem que ossos, sendo um peso, nos fazem leves.*

Afastámos do imenso buraco. Sentámos na sombra de uma floresta. Meu pai então nos convocou. Sua cara era séria, sua voz solene: ele sabia por que a nação desaparecera naquela infinita cratera.

— Isso é obra dos antepassados...
— Não. Outra vez os antepassados!?
— Respeito, senhor Massimo. Isto é assunto nosso.

Meu velhote prosseguiu: que a ele já tinham chegado os rumores. A gente recebe a opinião dos espíritos e até Zeca Andorinho lhe já tinha dito a mesmíssima coisa — os antepassados não estavam satisfeitos com os andamentos do país. Esse era o triste julgamento dos mortos sobre o estado dos vivos.

Já acontecera com outras terras de África. Entregara-se o destino dessas nações a ambiciosos que governaram como hienas, pensando apenas em engordar rápido. Contra esses desgovernantes se tinha experimentado o inatentável: ossinhos mágicos, sangue de cabrito, fumos de presságio. Beijaram-se as pedras, rezou-se aos santos. Tudo fora em vão: não havia melhora para aqueles países. Faltava gente que amasse a terra. Faltavam homens que pusessem respeito nos outros homens.

Vendo que solução não havia, os deuses decidiram transportar aqueles países para esses céus que ficam no fundo da terra. E levaram-nos para um lugar de névoas subterrâneas, lá onde as nuvens nascem. Nesse lugar onde nunca nada fizera sombra, cada país ficaria em suspenso, à espera de um tempo favorável para regressar ao seu próprio chão. Aqueles territórios poderiam então ser nações, onde se espeta uma sonhada bandeira. Até lá era o vazio do nada, um soluço no tempo. Até lá gente, bichos, plantas, rios e montes permaneceriam engolidos pelas funduras. Se converteriam não em espíritos ou fantasmas, pois essas são criaturas que ocorrem depois da morte. E aqueles não haviam morrido. Transmutaram-se em não seres, sombras à espera das respectivas pessoas.

— *Está a entender, senhor Massimo?*
— *Mais ou menos...*
— *Pois o senhor me parece um tanto ou quanto.*

O italiano não voltou a responder. Levantou-se, derrotado. Estava ali o final de sua carreira, o desmoronar da sua própria razão. Não era aquele o momento para meu pai lhe trazer estórias de desencantar. Falou para dentro de si:

— *Isto nem lembra ao diabo.*
— *Falou em diabo. E acertou. Pois lhe explico...*
— *Dispenso mais explicações.*

O diabo explicava, sim. Podia bem ser que aquele buraco tivessem sido os deuses que quiseram enterrar os demónios que engordavam na nossa terra. Mas eram tantos que tiveram que cavar fundo, mais fundo que o próprio mundo.

O italiano já nem escutava. Sentou-se, cabeça entre os joelhos. De vez em quando, suplicava em voz baixa:

— *O meu relatório. O que vou escrever, como vou explicar?*
— *Deixe disso, meu amigo. Veja eu: como me fazem falta meus ossos. Foram-se, nunca mais hei-de ter direitura. E, no entanto, não choro.*

Durante tempo, nos abandonámos a uma desistência da alma, olhos deitados naquele precipício. Foi quando, sobre o abismo, vimos chegar uma canoa. Vinha flutuando sobre o silêncio, suspensa no nevoeiro. Esvoava pelos ares. Sulplício perguntou quase inaudível, parecia que a voz também se lhe invertebrara:

— *Quem é?*

Não houve resposta. Ninguém na canoa. O barquinho aflorou da névoa e encostou na margem do despenhadeiro. Só eu me ergui a espreitar o ventre do concho. E lá havia a inesperada prenda.

— *Pai, estão aqui seus ossos!*

Ele, enduvidado, nem virou o rosto. Sem me olhar, pediu que eu lhe mostrasse um osso, qualquer que fosse. Escolhi um do tamanho maior e lhe fiz chegar. Ele espreitou a peça do esqueleto sem lhe tocar.

— *Sim, são meus ossos.*

Com nossa ajuda, voltou a vestir a ossatura. Experimentou uns tantos movimentos, testou as juntas e cartilagens. Parecia novo, remoçado. E até brincou:

— *Isto é assim mesmo: vaca sem cauda não enxota as moscas.*

Meu pai obedecia a que mandos, autómato, quando se introduziu no concho? A canoa balouçou como se em água. Sulplício estendeu os braços ao branco e lhe disse:

— *Venha!*

O branco recusou, olhos esbugalhados. Meu pai insistiu: não vinha ele saber a verdade dos acontecimentos?

— *Venha que lhe vou mostrar onde estão esses soldados explodidos.*

O estrangeiro negou e renegou embarcar. Esperei eu, com o coração suspenso, que meu velhote me convidasse a entrar na embarcação.

— *Você fique, meu filho.*

— Mas, pai...

— *Fica, já disse. Para contar aos outros o que aconteceu com nosso mundo. Não quero que seja esse, de fora, a falar desta nossa estória.*

E a canoa se foi afastando, pairando sobre o nada. Já no longe, me pareceu ser não um barco, mas um pássaro. Um flamingo que se afastava, pelos aléns. Até tudo ser neblina, tudo nuveado.

Restou um silêncio. Depois, o italiano foi ao saco em que se almofadara e de lá retirou um papel e uma caneta e, ordenadamente, rabiscou umas bem alinhadas frases. Espreitei sobre o ombro triste dele e li o que ele estava escrevendo. Logo surgia o gordo título: "Último Relatório". E mais ele anotava, em total:

Sua Excelência
O Secretário-Geral das Nações Unidas:

Cumpre-me o doloroso dever de reportar o desaparecimento total de um país em estranhas e pouco explicáveis circunstâncias. Tenho consciência que o presente relatório conduzirá à minha demissão dos quadros de consultores da ONU, mas não tenho alternativa senão relatar a realidade com que confronto: que todo este imenso país se eclipsou, como que por golpe de magia. Não há território, nem gente, o próprio chão se evaporou num imenso abismo. Escrevo na margem desse mundo, junto do último sobrevivente dessa nação.

O italiano parou, caneta trémula apontando o precipício que se abria a seus pés. E me pediu:
— *Espreite lá, outra vez.*
— *Já espreitei mil vezes.*
— *E não vê nada?*
— *Nada.*
— *Viu bem lá no fundo?*
— *É que nem fundo não há. O melhor é espreitar o senhor.*

— *Não consigo. Sofro de tonturas.*

O italiano acabou por se sentar na margem do abismo. Perto, passavam andorinhas, riscando o céu sem se aventurarem nesse céu subterrâneo, mais recente que o próprio dia.

— *Que vamos fazer?* — perguntei.

— *Vamos esperar.*

A voz dele era calma, como se vinda de antiga sabedoria.

— *Esperar por quem?*

— *Esperar por outro barco* — e, após uma pausa, se corrigiu: — *Esperar por outro voo do flamingo. Há-de vir um outro.*

Ele puxou da folha do relatório que acabara de redigir para as Nações Unidas. Fazia o quê? Dobrava e cruzava as dobras. Fazia um pássaro de papel. Esmerou no acabamento, e depois levantou-se e o lançou sobre o abismo. O papel rodopiou no ar e planou, pairando quase fluvialmente sobre a ausência de chão. Foi descendo lento, como se temesse o destino das profundezas.

Massimo sorria, em rito de infância. Me sentei, a seu lado. Pela primeira vez, senti o italiano como um irmão nascido na mesma terra. Ele me olhou, parecendo me ler por dentro, adivinhando meus receios.

— *Há-de vir um outro* — repetiu.

Aceitei a sua palavra como de um mais velho. Face à neblina, nessa espera, me perguntei se a viagem em que tinha embarcado meu pai não teria sido o último voo do flamingo. Ainda assim, me deixei quieto, sentado. Na espera de um outro tempo. Até que escutei a canção de minha mãe, essa que ela entoava para que os flamingos empurrassem o sol do outro lado do mundo.

Glossário

Canhoeiro: árvore da fruta *nkanhu* de onde se extrai a bebida usada em cerimónias tradicionais do Sul de Moçambique. Nome científico: *Sclerocarya birrea*.
Chanfuta: árvore (nome científico: *Atzelia quanzensis*).
Chimuanzi: língua falada em Tizangara.
Concho: canoa, pequena embarcação.

Halakavuma: pangolim, mamífero coberto de escamas que se alimenta de formigas. Em muitas regiões de África se acredita que o pangolim habita os céus, descendo à terra para transmitir aos chefes tradicionais as novidades sobre o futuro.

Konone: árvore (nome científico: *Terminalea sericea*).
Kufa mbalame: mata o pássaro (expressão da língua xi--sena).

Machamba: terreno agrícola.
Masuíti: corruptela de *sweet* (doce, em inglês).
Matumi: árvore da floresta ribeirinha (nome científico: *Preonatia sp.*).

Mbolo: testículos (em xi-sena).
Muchém: térmite.

Ngoma: tambor (em várias línguas de Moçambique).
Nhenhenhar-se: engasgar-se.
Nyanga: feiticeiro.

Quizumba: hiena.
Quizumbar: farejar como uma hiena.

Satanhoco: malandro.
Sura: aguardente feita dos rebentos de palmeira.

Tchovar: empurrar.
Txarra!: caramba!

Ufa: farinha de milho.

Xicuembo: espírito, feitiço.
Xidakwa: bêbedo.

Zuezuado: de zuezué, tontura (em algumas línguas de Moçambique).

Palavras proferidas por Mia Couto
na entrega do Prémio Mário António,
da Fundação Calouste Gulbenkian,
em 12 de junho de 2001

No verão de 1998, caminhando por uma praia do Sul de Moçambique, encontrei, esvoante sobre a areia, uma pena de flamingo. Os pescadores locais me haviam dito que, outrora, por ali ninhavam bandos de flamingos. Fazia tempo, porém, que eles não vinham.

No entanto, os pescadores esperavam ainda a visita daqueles magros anjos do vento. Na tradição daquele lugar, os flamingos são os eternos anunciadores de esperança.

Uma inexplicável angústia me assaltou — e se os pássaros não voltassem mais? E se todos os flamingos de todas as praias tivessem sido tragados por longínquas trevas?

Uma antecipada saudade me concaveou o peito. Não era a simples carência dos seres. Era o definitivo da ausência dos mensageiros dos céus, esses discretos carteiros divinos.

Guardei em minha casa essa pena e a coloquei por cima do meu computador. Durante os dois anos em que escrevi este romance, aquela pluma me contemplou como se fosse uma fresta de céu por onde desfilavam os pássaros e suas secretas viagens.

O último voo do flamingo fala de uma perversa fabricação de ausência — a falta de uma terra toda inteira, um imenso rapto de esperança praticado pela ganância dos poderosos. O avanço desses comedores de nações obriga-nos a nós, escritores, a um crescente empenho moral. Contra a indecência dos que enriquecem à custa de tudo e de todos, contra os que têm as mãos manchadas de sangue, contra a mentira, o crime e o medo, contra tudo isso se deve erguer a palavra dos escritores.

Esse compromisso para com a minha terra e o meu tempo guiou não apenas este livro como os romances anteriores. Em todos eles me confrontei com os mesmos demónios e entendi inventar o mesmo território de afeto, onde seja possível refazer crenças e reparar o rasgão do luto em nossas vidas.

N'*A terra sonâmbula*, a escrita, no final, se funde com o chão da savana: "Movidas por um vento que nascia não do ar mas do próprio chão, as folhas se espalham pela estrada. Então, as letras, uma a uma, se vão convertendo em grãos de areia e, aos poucos, todos os meus escritos se vão transformando em páginas de terra".

N'*A varanda do Frangipani*, o narrador termina transfigurando-se em árvore e vai emigrando de si para esse laço de eternidade.

N'*O último voo do flamingo*, sentados na berma do desfiladeiro, os personagens fazem da folha em que escreviam um pássaro de papel. E lançam essa fingida ave sobre o último abismo, reinvestindo na palavra o mágico reinício de tudo.

A terra, a árvore, o céu: é na margem desses mundos que tento a ilusão de uma costura. É uma escrita que aspira ganhar sotaques do chão, fazer-se seiva vegetal e, de quando em quando, sonhar o voo da asa rubra. É uma resposta pouca perante os fazedores de guerra e construtores da miséria. Mas é aquela que sei e posso, aquela em que apostei a minha vida e o meu tempo de viver.

Lembro, a fechar, as palavras do feiticeiro Zeca Andorinho: "Somos madeira que apanhou chuva. Agora não acendemos nem damos sombra. Temos que secar à luz de um sol que ainda há. E esse sol só pode nascer dentro de nós".

À Fundação Calouste Gulbenkian, ao poeta Mário António, a meus pais, Fernando e Maria de Jesus, a minha mulher, Patrícia, aos meus filhos, Dawany, Luciana e Rita, a toda a minha família, a João Joãoquinho e a Joana Tembe, ao Carlos Cardoso, aos patriotas que dignificam o meu país, à Editorial Caminho, a todos o meu obrigado. Muito obrigado por me ajudarem a acreditar que esse sol de que falava Andorinho está nascendo no outro lado do mundo. E a acreditar que os pescadores do meu país festejarão o regresso dos flamingos. E que uma pluma continuará a encantar os que estão escrevendo e inventando um país chamado Moçambique.

Mia Couto

1ª EDIÇÃO [2005] 21 reimpressões

ESTA OBRA FOI COMPOSTA PELA SPRESS EM GARAMOND LIGHT E
IMPRESSA PELA GRÁFICA BARTIRA EM OFSETE SOBRE PAPEL PÓLEN DA
SUZANO S.A. PARA A EDITORA SCHWARCZ EM JUNHO DE 2024

A marca FSC® é a garantia de que a madeira utilizada na fabricação do papel deste livro provém de florestas que foram gerenciadas de maneira ambientalmente correta, socialmente justa e economicamente viável, além de outras fontes de origem controlada.